August Niemann

Frauenliebe

Verone

August Niemann

Frauenliebe

1st Edition | ISBN: 978-9-92500-159-0

Place of Publication: Nikosia, Cyprus

Erscheinungsjahr: 2016

TP Verone Publishing House Ltd.

August Niemann

Frauenliebe

Frauenliebe

»Liebe Arabella, ein junges Mädchen kann heiraten, wen sie mag.«

Die junge Dame, welche diese Worte, wenn auch lächelnd, doch mit großer Entschiedenheit aussprach, sah wohl so aus, als könne sie durchführen, was sie sich vorgenommen. In ihrem gut gebildeten frischen Gesichte war ein energischer Zug, ihre Augen, von grauer Farbe, blickten hell und verständig.

Das andere junge Mädchen, welches am Fenster lehnte und mit zerstreutem Blicke durch den Spiegel draußen vor demselben den Straßenverkehr überwacht hatte, wandte halb erschreckt ihren Lockenkopf nach der Sprecherin. Erst allmählich verlor sich die Überraschung, sie warf das Köpfchen etwas zurück, bewegte den Blick ihrer großen Taubenaugen langsam gegen die Decke des Zimmers und antwortete mit einer sanften schmachtenden Stimme: »Du hast deine übermütige Laune, Charlotte.«

»Nicht im geringsten, mein träumerisches Bäschen; du siehst mich darauf an, ob ich eine Venus bin, und denkst, Venus hatte kein rötliches Haar und keine grauen Augen. Man braucht keine Venus zu sein, um zu heiraten. Das wäre schlimm. Ich denke, ich sehe leidlich aus, und das genügt mir.«

Die junge Dame erhob sich vom Sofa und betrachtete sich einen Augenblick im Trumeau. Ihre Figur war sehr hübsch und ihre Bewegungen graziös. Dann beugte sie sich über den Blumentisch der Freundin, und als sie dort die Papierringe, welche die Blütenblätter aufgebrochener kleiner Tulpen geschlossen hielten, zurecht schob, schien ein wehmütiges Lächeln ihren Mund zu umspielen. In ihrem Herzen mochte wohl nicht dieselbe Entschlossenheit wohnen, welche von ihren Lippen sprach, sie überwand vielmehr ihre natürlichen Gefühle um der Cousine willen. Sie wollte diese aus ihrer in sich versunkenen Stimmung, aus ihrer träumerischen Verlorenheit emporziehen.

»Du freilich, Arabella, bist ganz etwas anderes, unergründlich tief sind deine schwarzen Sterne, wie sich neulich der närrische Komplimentenmacher, Herr Göring, ausdrückte, aber wie ich nun hier bin und stehe, behaupte ich: Ein junges Mädchen, welches seine gesunde Vernunft besitzt und nicht gerade einen Buckel hat, kann heiraten, wen sie will.«

Charlotte hatte recht, wenn sie sagte, ihre Cousine sei etwas ganz anderes als sie. Diese war eine Schönheit. Sie war schlank und von den schönsten Formen, etwas blassen, aber durchaus regelmäßigen Gesichts, und ihr Haar voll und tief schwarz, ihre Augen dunkel und unergründlich, voll Leidenschaft.

»O Charlotte!«, antwortete sie, tief seufzend und den Blick scheinbar auf die Rouleaustange gerichtet, in Wirklichkeit jedoch fortwährend den Spion draußen im Auge behaltend, »o Charlotte, wie kannst du so sprechen! Du hast so viel Verstand, aber jetzt kommst du mir närrisch vor, – du bist emanzipiert!«

»Emanzipiert, sagst du? Was ist das? Ich will es dir sagen, was man so nennt. Es ist althergebracht, dass wir Mädchen Gänse sein sollen. Wir haben Vernunft und sollen sie nicht gebrauchen, Ohren, und sollen nicht hören, Augen, und sollen nicht sehen. Wir sollen immer die unmündigen Anhängsel dieses hochherrlichen Geschlechtes der Männer sein. Ist nun einmal eine unter uns, die ihre Stellung im Leben ein bisschen überdenkt und dann nach ihrer Einsicht das Beste tut, ohne andere zu fragen – geht sie gar so weit, zu bemerken, dass Männer – aber sieh doch, gilt das dir?«

Von der Straße schallte Hufschlag herauf. Ein eleganter Mann auf prächtigem Goldfuchs kam kurbettierend vorbei und grüßte zu dem Fenster empor.

»Prinz von Corren«, sagte Charlotte, ihre Cousine scharf beobachtend.

»Nun ja doch,« entgegnete Arabella, sich abwendend, um ihr Erröten zu verbergen. Charlotte schwieg eine Weile, trat dann auf Arabella zu, ergriff ihre Hand und sagte in weichem, bittendem Tone: »Arabella, sag mir, was ist's mit diesem Prinzen? Man hat dich schon mit ihm ins Gespräch gebracht, und das kann dir nur schaden. Er soll ein sehr leichtfertiger Mensch sein, viele reden sogar, ein durchaus schlechter; sag mir, was ist's damit?«

»Mich ins Gespräch gebracht?«, fragte Arabella mit flammendem Blick. »Wer darf sich unterstehen –?«

»Nun, er ist doch viel in eurem Hause. Kannst du dich da wundern, wenn man über dich klatscht? Darum sag' ich dir, sein Ruf ist schlecht, nimm dich in acht.«

»Er ist zu meinem Vater gekommen, in Geschäften; was kann ich dafür? Mein Vater ist Bankier, er muss sein Haus dem Prinzen so gut öffnen, wie jedem anderen.«

»Arabella,« entgegnete die Freundin, »ich glaube dir ja gern; nichts liegt mir ferner als ein Verdacht gegen dich. Aber du weißt, die Welt urteilt nach dem Schein. Die Welt sagt: Der Prinz kommt deinetwegen in euer Haus, und das muss natürlich deinen Ruf ruinieren, denn heiraten wird er dich ja nie.«

»Heiraten!«, rief Arabella, gezwungen lachend. Dann das eben ausgesprochene Wort als willkommenes ergreifend, um das Gespräch ablenken zu können, fuhr sie fort: »Da bist du ja endlich wieder auf deinem Lieblingsfelde angekommen. Nun, da du so energisch über Heiratskönnen sprichst, nehme ich an, du hast jemanden in Aussicht. Vertraue es mir an! Wer ist es denn?«

»Das ist mein Geheimnis, du möchtest ihn mir wegfangen. Aber nein, im Ernst, Arabella, höre auf den Rat deiner Cousine, deiner aufrichtigen Freundin! Ich bin für dich besorgt, für den Ruf unserer ganzen Familie! Du bist zu unbedachtsam, zu leichtsinnig, du musst vorsichtiger sein. Es gehen viele von uns durch die guten Eigenschaften ihres Herzens zugrunde, wenn nicht die Vorsicht dabei Wache hält, wie viel mehr hier!«

»Ich weiß nicht, Lotta, will es auch nicht wissen, was du unter Zugrundegehen verstehst. Noch weniger hoffe ich, dass du mich zu denen rechnen willst, die zugrunde gehen.«

»Stolz ist eine gefährliche Eigenschaft, so schön er steht. Ich bin der Meinung, wir sollen ruhig und möglichst ungesehen unseren Weg gehen und dabei rechts und links hübsch unsere Augen brauchen, damit wir nirgends anstoßen und ...«

»Und den Mann finden, den wir heiraten wollen,«

»Warum nicht? Aber Arabella, verstehe mich recht, nicht um zu heiraten um jeden Preis, sondern nur, um doch auch ein Wörtchen mitsprechen zu können bei der Entscheidung über unser Lebensglück. Wir müssen uns umsehen, um doch auch den richtigen Mann zu finden. Denn das, liebe Arabella, wirst du mir nicht bestreiten wollen – heiraten – wollen wir doch schließlich alle.«

»Ich weiß doch nicht. Aber du, Lotta, du scheinst mir schon eine bestimmte Absicht zu haben, vertraue es mir doch an, nach wem du deine Netze ausspannst.«

»Ich will ganz offen gegen dich sein, ich hoffe, dadurch auch gleiches Vertrauen gegen mich zu erwecken. Zuerst aber muss ich dir sagen, dass ich keine Netze ausspanne, und dass mein Benehmen dir immer der deutlichste Beweis sein soll, dass ich nach Grundsätzen handle, welche dergleichen gänzlich ausschließen. Also – nun, und warum nicht? – Höre: Du kennst Herrn Eduard Hasperg, der kürzlich von seiner Weltumsegelung zurückgekommen ist.«

– Charlotte brachte den Namen nur zögernd hervor, und Röte überzog ihr Gesicht.

»Hasperg?«, rief Arabella, die Hände zusammenschlagend, »den blasiertesten, unausstehlichsten Menschen in der ganzen Stadt?«

»Ganz recht, den meine ich«, sagte sie trotzig. »Der gefällt mir, und meine Absicht ist es eben, den zu heiraten.«

»Nun, Gott gebe dir seinen Segen dazu. Den meinigen hast du hiermit.«

»Ich danke dir, Arabella. Dass du den Mann falsch beurteilst, nehme ich dir nicht übel, alle Welt beurteilt ihn so, obwohl fünfzig Mütter sich gerne den kleinen Finger abbissen, um ihn für ihr geliebtes Töchterchen einzufangen. Ich glaube, ihn recht zu beurteilen. Eduard Hasperg erscheint nur blasiert, es steckt ein guter Kern in ihm. Aber es ist ihm sein ganzes Leben lang zu gut gegangen. Von seinen reichen Eltern ist er mit der größten Liebe auferzogen, darum hat er den Wert der Liebe nie kennengelernt. Ihm hat nie etwas gefehlt, nun denkt er, es fehle ihm alles. Warum ist er nach dem Tode seiner Eltern auf diese jahrelange Reise gegangen? Warum hat er das glänzende Geschäft seines Vaters aufgegeben? Weil er das Bedürfnis der Tätigkeit in sich fühlte, ohne es selbst erklären zu können. Warum ist er unausstehlich gegen alle Frauenzimmer? Weil diese ihm nachlaufen. Bring ihn auf die rechte Bahn der Tätigkeit, halte ihm einen Gewinn vor, den er nur mit Mühe erreichen kann, und der Mann wird sich zeigen, wie er ist. Ich könnte dir eine Geschichte erzählen, wie er mit großer Aufopferung einem Freunde aus der Not geholfen.«

»Du sprichst, als kenntest du ihn sehr genau. Wie hast du dir ein solches Urteil bilden können? Du hast ihn doch nicht öfter gesehen als ich.«

Charlotte lächelte. »Etwas wie eine innere Stimme sagt mir's. Gebe Gott, dass ich mich nicht täusche,« setzte sie dann gedankenvoll hinzu. Sie ging schweigend auf und nieder im Zimmer, und Arabella, trotzdem sie innerlich ihrer Cousine spottete, wagte es doch nicht, ihre Gedanken zu stören.

»Sieh, Arabella,« hob Charlotte wieder an, »so, wie der Mann jetzt ist, würde ich ihn nicht nehmen, obwohl ich ein armes Mädchen bin und sein bedeutendes Vermögen mir eine sehr bequeme Existenz verspräche. Das Glück liegt nicht im materiellen Wohlsein. Aber lache, wenn du willst, ich glaube, ich kann ihn ändern. Das ist gewiss: Nehme ich ihn, kommt es dazu, dass wir uns heiraten, so ist er geändert.«

»Du traust dir viel zu.«

»Vielleicht spreche ich auch nur aus, was ich mir zutraue, und das ist der ganze Unterschied zwischen uns beiden. Ich glaube, es geht manches Mädchen mit einer bescheidenen kleinen unschuldigen Miene in der Welt umher, ohne dass im Herzen von der Bescheidenheit viel zu finden wäre. Sind alle Männer so vollkommen dem Ideale weiblicher Gedanken nachgebildet, dass an ihnen keine Verbesserung anzubringen wäre? Hat nicht jede, die da heiratet, wenigstens die Hoffnung, das, was ihr an dem Manne missfällt, abzuschleifen? Und wenn es nicht wäre, so wäre es eben unrecht. Wir sind nicht Sklavinnen.«

»Das ist nun schon wieder etwas anderes. Was man den Pantoffel führen nennt, mag ich nicht leiden. Es besteht zum größten Teil nur in der beständigen Nörgelei und Kleinigkeitskrämerei der Frau, wodurch sie den Mann mürbemacht. Weil sie im Hause stecken zwischen Töpfchen und Lappen, glauben sie zuletzt, die Welt bestehe aus Lappen und Töpfen, und sie ziehen den Mann entweder herunter in ihre Kleinigkeitswelt, oder machen sich ihm zum notwendigen Übel, zum Hauskreuz, das er flieht, so oft er kann. Ach, Arabella, die Welt ist ein verwickeltes Ding und schwer zu begreifen. Ich denke auch nicht, dass ich dazu berufen bin, sie zu verbessern. Aber das glaube ich, so ein bisschen Selbstbestimmung müssen wir Mädchen haben; wir müssen nach einem Plane leben, wenigstens noch festen Grundsätzen.«

»Pah,« entgegnete Arabella, »du bist närrisch. Mit was für Dingen du dir den Kopf zerbrichst! Ich glaube, man muss fröhlich in die Welt hinein leben, wie die Lilien, sich amüsieren, so gut man kann, und den lieben Gott für das andere sorgen lassen. Alles kommt, wie es soll, und wer an seinem Schicksal selbst mit helfen will, macht es in der Regel schlecht.«

Charlotte zuckte die Achseln. »Vertrauen gegen Vertrauen«, sagte sie dann. »Wie ist es mit dir und dem Prinzen? Ich bin überzeugt, er macht dir den Hof.«

»Du beleidigst mich,« entgegnete Arabella ihrer Cousine. »Es ist nicht das Geringste zwischen uns vorgefallen. Dass ich den Prinzen hier im Hause ein paar Mal gesehen habe, war nicht meine Schuld, wie ich dir schon erklärte. Du wirst mir einen Gefallen tun, wenn du den

Leuten, die etwa über mich klatschen sollten, sagst, du würdest mir mitteilen, was sie klatschen.«

»Nun gut,« versetzte Charlotte, »ich sage es dir noch einmal und zum letzten Male: Sei vorsichtig. Und um auf etwas anderes zu kommen: Wie ist es mit heute Abend? Gehst du mit auf den Ball?«

»Nein, ich habe keine Lust.«

»Keine Lust? Du, die immer floriert?«

»Nein, man wird dieses zwecklosen Herumdrehens zuweilen einmal müde.«

»Unsinn, das ist nicht dein wahrer Grund!«

»Wahrhaftig, das ist mein Grund. Und ich wundere mich, dass du noch immer Lust hast, dich mit diesen langweiligen jungen Kaufleuten zu befassen, außer denen doch niemand die Unionbälle besucht.«

»Ich wüsste nicht, warum mir junge Kaufleute langweilig sein sollten? Mein Vater ist Kaufmann, dein Vater ist es, denn Bankier ist doch auch eigentlich Kaufmann, und uns sollten Kaufleute langweilig sein?«

»Darum, dass mein Vater Bankier ist, soll mir wohl der Kaufmannsstand interessant geworden sein? Ich danke schön. Nein, mir riecht der Unionball zu sehr nach dem Comptoir.«

»Der Geruch ist mir immer noch lieber als der Stall- und Kasernengeruch.«

»Das ist nun Geschmackssache. Ich liebe sie beide nicht.«

»Prinzen parfümieren sich wohl ganz besonders?«

»Das ist boshaft von dir, Charlotte«, rief Arabella erzürnt. »Das nehme ich dir sehr übel. Nach dem, was wir gesprochen haben, dürftest du mir das nicht sagen.«

»Ich bin etwas boshaft«, erwiderte die Cousine nach einer Pause, »aber es ärgert mich auch, dass du verächtlich von den Kaufleuten sprichst. Unsere Ansichten beginnen seit einiger Zeit auseinanderzugehen.«

Arabella erwiderte nichts, aber eine Träne schimmerte in ihren schönen Augen.

Charlotte setzte sich der Freundin gegenüber auf einen der kleinen koketten Fauteuils, welche das Zimmer zierten, und ergriff Arabellas Hand. »Was sollen wir uns zanken?«, sagte sie sanft; »komm, sei nicht böse, du bist reizbar, weil du mit dir selbst nicht recht im Klaren bist! Du musst dich mir gegenüber einmal ernst aussprechen. Sprich frei vom Herzen weg, dich bedrückt etwas.«

»Ich wüsste nicht,« erwiderte Arabella abweisend. »Ich bin ganz im Klaren mit mir, aber du warst unfreundlich.«

»Nun denn, so wollen wir es der Zeit überlassen, ob sie uns wieder zusammenführen will, wie ehedem.«

Charlotte stand auf. »Ich gehe jetzt, ich will meinen Anzug für heute Abend noch in Ordnung bringen. Adieu.«

»Adieu, Charlotte.«

Als die Cousine sich entfernt hatte, warf sich Arabella auf das Sofa, verhüllte das Gesicht und blieb lange unbeweglich liegen. Und als sie sich erhob und das Batisttuch von ihren Augen entfernte, waren diese rot, und das Tuch war ganz durchnässt.

Aber der Ausdruck ihres Gesichts war ein entschlossener, und ein hochmütiges Lächeln zuckte um ihren Mund, welcher flüsterte: »Und er nimmt mich doch!«

Zu ebendieser Zeit lag in derselben Stadt in einem großen eleganten Zimmer eines großen schönen Hauses ein junger Mann auf dem Sofa und rauchte türkischen Tabak aus einem Nargileh. Er sah blass und gelangweilt aus und gähnte häufig, wenn er den Bernsteinkopf des langen Schlauches aus dem Munde nahm.

Seine braunen Augen hatten einen interessanten Ausdruck, sein Haar war braun und gelockt, Nase und Mund fein gebildet. Seine Figur war, soweit der lange Schlafrock dies zu beurteilen erlaubte, groß und schlank.

Auf dem Tische vor ihm lag ein dicker Haufen Zeitungen und Journale, und der junge Mann hatte eben die Lektüre eines Blattes beendet, welches er zu den übrigen legte.

Er sah nachdenkend im Zimmer umher. An den Wänden hingen kostbare Ölgemälde, und der Fußboden war mit einem schweren türkischen Teppich bedeckt; der junge Mann blickte auf ihn nieder und seufzte.

Dann nahm er einen bereits geöffneten Brief aus der Tasche und durchlas ihn von Neuem.

»Es geht mir alles in die Quere«, sagte er und seufzte. »Da habe ich das Kapital, das ich gut und sicher angelegt glaubte, wieder auf dem Halse! Warum konnte es mein Freund Steinmann nicht noch behalten, er konnte es doch auf seinem Gute verwenden! Aber nein, gibt es zurück, ich soll meine Plage haben! Gerade jetzt, wo ich verreisen will und keine Zeit habe, darum zu sorgen.«

Er erhob sich, ging an den Schreibtisch, schrieb hastig einen Brief und rief dann: »Tubbe!«

Nach diesem Ruf öffnete sich die Tür ein wenig, und ein altes, runzeliges, feierliches Gesicht unter einer braungelben Perücke steckte sich durch die Spalte.

»Tubbe!« wiederholte der junge Mann.

»Eile mit Weile,« entgegnete das runzlige Gesicht mit einer langsamen, knarrenden Stimme.

»Komm doch herein, ich habe dir etwas zu sagen.«

Nun öffnete sich die Tür ganz, und es schob sich eine hagere, eckige, eingetrocknete Figur in einem langen, schlottrigen, braungelben Livreerocke herein.

»Höre, Tubbe«, sagte der junge Mann, »die Kaiserin Eugenie wird nun doch zur Eröffnung des Suezkanals reisen.«

»Meinetwegen mag sie, wenn sie Zeit und Lust dazu hat«, erwiderte der alte Diener.

»Ich will auch dorthin, du kannst unsere Koffer wohl bis morgen in Bereitschaft setzen?«

»Eile mit Wei –« dem Alten blieb das letzte Wort in der Kehle stecken; er schlug beide Hände vor Erstaunen zusammen.

Der junge Mann schien auf das entsetzte Gesicht des Dieners nicht viel Wert zu legen, denn er sagte nur: »Wir wollen über Wien reisen, Triest, und auf dem Rückwege denke ich in Brindisi zu landen und Italien der Länge nach zu durchstreifen –, falls wir nicht etwa nach der anderen Seite um Arabien herum nach Indien gehen, was auch eine Idee ist, die man überlegen kann.«

»Mit Weile,« vollendete Tubbe endlich.

»Herr Eduard«, fuhr er dann kopfschüttelnd fort, »ich habe nun Ihrem seligen Vater siebenundzwanzig Jahre treu gedient und Ihnen selber drei Jahre, macht zusammen dreißig Jahre.«

»Nun?«

»Habe ich es um Ihr Haus verdient, dass Sie mich auf meine alten Tage noch zum Ewigen Juden machen?«

»Du willst damit sagen, du hättest keine Lust, die Reise mitzumachen?«

»Herr Eduard, was soll ein alter Mann wie ich in Arabien und Indien? Aber ich will Ihnen noch mehr sagen: Was geht Sie der Suezkanal an und die Kaiserin Eugenie?«

»Aber Tubbe, hast du denn gar keinen Sinn für dies großartige Unternehmen, welches zwei Meere miteinander vereinigt und dem Verkehr aller Völker einen neuen Weg öffnet?«

»Sie täten besser, Herr Eduard, Sie ließen die zwei Meere, wo Gott der Herr sie hingelegt hat, und bekümmerten sich um das, was Sie angeht. Wir sind jetzt lange genug zwischen Türken, Heiden und Tataren herumgereist, und meine Seele freute sich, als wir endlich wieder an unserem eigenen Herde waren. Hier steht das alte, schöne Haus und sieht uns mit seinen leeren Zimmern traurig an, dass man gar nicht glauben soll, wie fröhlich es sonst hier zugegangen ist, als Ihre Eltern selig noch lebten. Und Sie wollen nach Arabien? Pfui, Herr Eduard!«

»Aber Tubbe«, rief Eduard, indem er beide Hände in Verzweiflung erhob, »es ist hier zum Sterben langweilig.«

Der Alte sagte feierlich:

>»Arbeit macht das Leben süß,
Macht es nie zur Last;
Der nur hat Bekümmernis,
Der die Arbeit hasst.«

»Da haben wir ja deinen Vers endlich auch wieder«, sagte Eduard, »ich kenne ihn schon, behalte ihn für dich.«

»Dann will ich Ihnen etwas anderes sagen: Sie müssen sich eine Frau suchen.«

»Eine Frau«, rief Eduard mit der Gebärde des Schreckens.

»Wohl dem, der ein vernünftiges Weib hat. Wie die Sonne in dem hohen Himmel des Herrn eine Zierde ist, also ist ein tugendsames Weib eine Zierde in ihrem Hause, so sagte letzten Sonntag noch der Prediger. Aber Sie haben ihn nicht gehört, denn seit fünf Jahren hat der Küster in der Andreaskirche für keine andere Seele, als für meine Person, den alten Haspergschen Familienstuhl je aufgeschlossen.«

»Eine Zierde? Alter Freund, solcher Zierden gibt es nicht viele. Putzaffen sind die meisten, flach und ohne

Charakter, oder eigensinnig und toll. Auf die Gefahr lasse ich mich nicht ein. Wer sich in Gefahr begibt, kommt darin um, hätte unser Pastor lieber sagen sollen.«

»Nein«, sagte er entschieden, sich vom Sofa erhebend, »wir reisen, und zwar morgen früh acht Uhr fünfundzwanzig.«

»Na, meinetwegen,« versetzte der Alte kurz und drehte sich um.

Als Eduard seine schmerzlich verzogene Miene bemerkte tat ihm der treue Diener leid, und er rief ihn zurück: »Sieh, Tubbe«, und er legte ihm die Hand auf die Schulter, »ich möchte dir deine alten Tage nicht verbittern. Wenn du wirklich in dieser schrecklich langweiligen Stadt lieber bleibst, als dass du eine so interessante Reise machst – was allerdings ein sonderbarer Geschmack wäre –, so kannst du auch zurückbleiben. Du bleibst hier im Hause und sorgst dafür, dass keiner es fortschleppt. Und wir wollen einen treuen Burschen aussuchen, der an deiner statt mitgeht.«

»Was? Sie wollten ohne mich reisen?« versetzte der Alte entrüstet. »Eile mit Weile! Das gebe ich nicht zu. Nimmermehr lasse ich Sie allein reisen, oder vertraue Sie gar einem Fremden an. Siebenundzwanzig Jahre habe ich Ihrem Vater selig gedient und kann es nicht vor ihm verantworten, wenn ich ihn dort oben wiedersehe, wenn ich Sie hätte allein in der Welt herumlaufen lassen. Daraus wird nichts.«

»Das ist ja ein schrecklicher Zustand!«, seufzte Eduard; »hier langweile ich mich so, dass ich sogar mit dir altem trockenem Pater über die Ehe spreche, und wenn ich fortreisen will, werden mir solche Scherereien gemacht. Das ist ja rein zum Tollwerden. Geh, ich mag dich nicht mehr sehen, du ärgerst mich, wie alle anderen Leute. Wollte der Himmel, ich säße erst auf dem Schiffe und sähe den blauen Spiegel der Adria.«

»Schön! Schön!«, erwiderte der Alte, »ich gehe jetzt und packe die Koffer.«

Als Eduard allein war, nahm er Hendschels Kursbuch zur Hand und studierte den Weg nach Alexandrien. Aber er fand kein rechtes Interesse an der Sache. Das Buch sank mit der Hand, welche es hielt, nieder, und Eduards Blick richtete sich träumerisch nach der Wand. »Wozu bin ich auf der Welt?«, sagte er seufzend. »Wozu sind wir Menschen da? Wir werden geboren, wir langweilen uns und sterben. Was hat dieser ganze Erdball überhaupt für einen Zweck? Was soll ich in Wien, ich kenne das Nest ganz genau. Triest? Ein ennuyanter Aufenthalt. Ich zweifle sehr, ob es in Alexandrien amüsant sein wird. Das hungrige Literatenpack, welches sich der Khedive auf den Hals geladen hat, wird den Ort schwerlich interessant machen. Ihre unvermeidlichen Suezfeuilletons machen mich schon jetzt übel. Kommt nicht unterwegs ein Sturm, so wird die Reise geradeso ermüdend wie eine Spazierfahrt im Hirschgarten. Piraten – gibt es nicht mehr. Welch ein Dasein ist das! Es ist nicht zum Aushalten!«

»Mensch!«, rief er aufspringend und sich vor die Stirn schlagend, »was für ein Leben ist das? So nimm doch deine Studien einmal wieder auf, kann man denn nichts tun, ohne dazu gezwungen zu werden?« Er ergriff ein Buch, welches auf seinem Schreibtische lag, schlug es auf und las darin wohl eine Stunde. Seine Begier, zu lesen, wuchs, seine Augen glänzten, und eine gewisse Befriedigung griff anstelle der vorherigen Abgespanntheit Platz.

»Ja,« sprach er dann zu sich selbst, »ein umfassender Geist ist Buckle! Wie sich in diesem großartigen Werke die einzelnen Erscheinungen im Leben der Völker in ihrem Zusammenhange zu einem großen Gesetze für ihn gestalten! Welche Liebe zur Wahrheit, welche reine Forschung, wie wohltuend dieses edle, wissenschaftliche Suchen, der Einblick in eine Seele, welche, von den Kleinigkeiten unangefochten, nur großen, schönen Zwecken lebt! Was ist diese Welt?« rief er und sprang auf. »Hier fühle ich das Gesetz, dort scheint der Zufall zu spielen! Unerforschlich ist das Ganze! – Haben wir Selbstbestimmung? Können wir tun und lassen, was wir wollen? Pah! Eine allmächtige Kraft schiebt uns hierhin und dorthin, und wir sind wie die Blätter am Baume, welche der Herbstwind herabweht, um mit ihnen zu spielen!

Aber nein, es ist nicht so! Der Menschengeist ist etwas Erhabenes, er kann einen Weg verfolgen, welcher wohl an Abgründen vorüberführt, aber sie nur zeigt, ohne zum Sturze zu führen. Er kann den Weg der reinen Vernunft verfolgen – ja, kann er das? Ich erinnere mich einer kleinen Erzählung Voltaires von einem Menschen, welcher sich eines schönen Morgens vornimmt, nur immer ganz vernünftig zu handeln. Der Mensch hieß Memmon, wenn ich nicht irre – Memmon sagt: Ich will nie wieder zu viel essen, noch zu viel trinken, denn ich werde beim Anblick der Weine und der schönen Speisen bedenken, dass sie den Verstand trüben und den Magen überladen;

ich will nie Liebschaften anfangen, denn beim schönsten Mädchen werde ich bedenken: Hinter diesen roten Wangen und hellen Augen lauert ein scheußlicher Totenkopf. Da blickt er aus dem Fenster und sieht dort ein schönes Mädchen weinend stehen. Er sagt sich, dass das Mitleid nur edel ist, und geht hinab, sie zu fragen. Sie erzählt ihm eine traurige Geschichte, und er geht mit ihr nach ihrer Wohnung, um ihr beizustehen. Aber während er sie tröstet, wird sie ihm durch ihre Schönheit gefährlich, und er wird nach und nach, in der besten Absicht handelnd, zu den größten Torheiten fortgerissen. – Es ist ein Beispiel zu den Worten des Apostels: Wollen habe ich wohl, aber Vollbringen des Guten finde ich nicht.– Pah, wir sind ein närrisch Menschenvolk, und wir gehen einen Krebsgang in einer närrischen Welt herum, ohne Zweck und Ziel.«

Da pochte es kräftig an die Tür, und erstaunt blickte Eduard auf die Gestalt, die auf sein »Herein« in das Zimmer trat. »Wie? Sehe ich recht?« rief er freudig, »Herr Paulmann! Mein lieber väterlicher Freund und Lehrer! Sie einmal wieder in diesem Hause zu sehen, dessen Stütze Sie waren.«

Der Herr, welchen er so begrüßte, war ein großer, fester Mann, mit ergrauendem Haar, bartlos, mit faltenvollem Gesicht, ganz in Schwarz gekleidet, mit hoher seidener Halsbinde, ernst und etwas steif in seiner Haltung. Er schüttelte Eduard die Hand, trat ein paar Schritte von ihm zurück, betrachtete ihn von oben bis unten, – seine klugen, grauen Augen schienen den jungen Mann genau wägen und taxieren zu wollen –, schüttelte ihm dann wieder die Hand und sprach seine Freude aus, dass er nun denjenigen als Mann sehe, welchen er als Kind und Jüngling gekannt. Aber es lag doch etwas Fremdes in der Begrüßung beider Männer. Es war ein Schatten zwischen ihnen beiden, der die alte Herzlichkeit zurückdrängte; Eduard fühlte, dass dieser alte Freund noch eine andere Empfindung als Freude habe, eine Empfindung, welche er nicht aussprach. Und der Kontrast, welchen das väterliche Haus in seinem jetzigen Zustande gegen früher dem ehemaligen Buchhalter des Vaters bieten musste, stand mit einem Male dem Sohne in einem neuen, frappanten Lichte vor Augen.

Dieser ernste Geschäftsmann, welcher so lange Jahre eine wichtige Stellung in dem bedeutenden Geschäfte gehabt hatte, welches Eduards Vater geleitet, war eine vorwurfsvolle Erscheinung in dem alten großen Hause, welches jetzt unbewohnt dastand, bis auf wenige Zimmer, welche in einer Weise ausgestattet waren, wie es zu früheren Zeiten unerhört gewesen wäre. Mit einer Art von Scham blickte Eduard auf die türkischen Pfeifen, auf die Degen und Gewehre an der Wand und auf den nach orientalischer Art mit Kissen belegten breiten, niedrigen Diwan, auf welchem er seinem Besuch jetzt einen Platz anbot.

»Der alte treue Tubbe ist doch noch ganz wie sonst«, sagte Herr Paulmann, nachdem er seinen Hut neben das Nargileh gestellt und umhergeblickt hatte.

Es lag eine ganze Reihe von Betrachtungen in diesem Satze.

»Sie finden sonst wohl alles verändert,« entgegnete Eduard – »ja, es ist leider seit dem Tode meines guten Vaters manches anders geworden.«

»Ein ausgezeichneter Mann war Ihr seliger Vater, ein rechter Kaufmann«, sagte der ehemalige Buchhalter langsam und mit Betonung. »Ich verdanke ihm viel – alles; ich habe in jeder Beziehung, als Mensch wie als Kaufmann, von ihm empfangen und gelernt.«

Eduard erkundigte sich nach Herrn Paulmanns Familie und dem Zweck seiner Reise.

»Meine Frau ist in Rolandseck, sie hat frische Luft und frisches Wasser mit meinen Kindern genossen«, erwiderte dieser, »ich bin auf dem Wege, sie wieder nach Hamburg zurückzuholen. Und da wollte ich doch die Gelegenheit nicht versäumen, dem alten Hause meinen Besuch zu machen. – Das gute, alte, ehrenwerte Haus! Ja, die Firma Eduard Hasperg hatte einen Ruf auf allen Plätzen, diesseits und jenseits des Atlantik.«

Es glitt ein freundliches, zufriedenes Lächeln über das faltige Gesicht des alten Herrn in der Erinnerung an die Vergangenheit, und er saß da so ruhig, so selbstbewusst. Eduard fühlte, jener war ein Mann, der mit Befriedigung auf das sah, was er vollbracht hatte, und der sich bewusst war, welchen Weg er gehen sollte.

»Ich war vier Jahre auf Reisen«, sagte er, »in fast allen Weltteilen, und bin erst vor einigen Wochen zurückgekommen. – Es waren sehr interessante Reisen,« setzte er nach einigem Zögern hinzu.

»Das glaube ich wohl, Sie haben viel gesehen und müssen Ihre Kenntnisse bedeutend erweitert haben. Für den

Drogeriehändler insbesondere ist solches Studium auf den Einkaufsplätzen selbst von größtem Nutzen.«

»Nun, ich habe weniger hierauf, als im Allgemeinen auf Völkerkunde mein Augenmerk gerichtet. Ich habe das Geschäft ja aufgegeben.«

»Ja, ich weiß; aber Sie werden es doch wohl wieder eröffnen?«

»Ich denke nicht. Ich habe wenig Neigung, mich festzusetzen.«

»Wie?«

»In der Tat, gerade heraus, es ist so, Herr Paulmann, ich will frei bleiben. Ich denke morgen sogar schon wieder eine längere Reise anzutreten zur Eröffnung des Suezkanals.«

Herr Paulmann schüttelte den Kopf. »Sie werden es einem alten Freunde nicht übel nehmen, Eduard«, sagte er, »aber was Sie da sagen, ist Torheit. Ein junger Mann wie Sie muss einen Beruf haben, sonst wird er nach und nach verlegene Ware.«

»Nun, nun«, versetzte Eduard, »so dürfen Sie die Sache nicht ansehen. Ist nicht der Zweck, seine Kenntnisse und damit seine Anschauungen zu erweitern, ein höherer als der, sein Besitztum an äußerlichen, vergänglichen Gütern zu vergrößern?«

»Das klingt ganz schön, es klingt sogar philosophisch«, erwiderte Paulmann, »aber es ist nichts als eine Phrase. Glauben Sie's mir, Eduard, es ist mit dem Menschen, wie mit dem Eisen; wenn's ruhig liegt, rostet es. Eisen und Stahl wollen gebraucht werden. Ein Mensch, der keinen bestimmten Beruf hat, rostet auch. Er mag sich noch so viel beschäftigen, es ist nichts als Liebhaberei, Spielerei; denn ohne Zwang, ohne einen gewissen positiven Zweck, arbeitet er nicht. Was, Sie mit dem schönen, geachteten Namen, der Ihnen ein schwunghaftes Geschäft ganz sicher macht, wollen in Ihren jungen Jahren hier leben wie eine alte Jungfer? Nehmen Sie's mir nicht übel, Eduard, aber mir dreht sich das Herz im Leibe herum. Ich habe Sie gekannt, ehe sie sagen konnten, ich habe Ihnen die Kettenregel beigebracht. – Sie haben einen offenen Kopf und verstanden die doppelte Buchführung, Sie sprachen Englisch, ehe Sie konfirmiert waren – und jetzt wollen Sie Ihren Namen und Ihre Fähigkeiten zu nichts Besserem gebrauchen, als herumzuvagabundieren? Wenn's nur gerade nicht der Name Hasperg wäre – ich bitte Sie, Eduard, denken Sie doch nur: Eduard Hasperg Sohn, welchen Kredit muss noch heute diese Firma haben. Nun sagen Sie doch selbst, Eduard, habe ich nicht recht? Und wollen Sie nicht, ehe das Jahr um ist, hübsch den Comptoirschemel reiten und die Feder führen, anstatt sich mit diesen Narrenspossen« – er deutete auf die Waffen – »abzugeben?«

Diese eindringlichen Worte verfehlten jedoch den beabsichtigten Eindruck. Eduard dachte, während Herr Paulmann redete, das regelmäßige Leben in dem Berufsgeschirre mache die Menschen doch recht einseitig. Es geht ihnen wie den Eskimos, welche andere Menschen verachten, weil sie nicht auch Tran trinken wie sie. Da ist dieser Mann nun sechzig Jahre alt geworden, und was hat er erreicht? Die Überzeugung, das Ziel des höchsten Strebens sei ein schwunghaftes Geschäft! In solchen Gedanken erwiderte er: »Mein liebster Herr Paulmann, die Menschen sind verschieden. Es fällt mir nicht ein, Ihnen zuzureden, mit mir nach dem Suezkanal zu reisen, aber lassen Sie mir auch meine Freiheit! Nicht, als ob ich Ihre Teilnahme nicht dankbar anerkennte« – fuhr er fort, als er bemerkte, dass des Alten Gesicht sich verfinsterte, »aber ich weiche von Ihrer Anschauung so weit ab, dass ich nicht glaube, mich je zu ihr bekehren zu können. Sie blicken mich mitleidig an, Sie beklagen es, dass der Sohn einer alten Firma, welcher auch Sie einen so großen Teil ihres Lebens angehört haben, zwecklos die Welt durchstreift. Unser Herrgott hat einmal nicht lauter Bienen, sondern auch Käfer, Schmetterlinge, Libellen auf seiner Erde geschaffen. Ich bin ein Vagabund – immerhin nennen Sie mich so – ich will ein Vagabund bleiben. – Vielleicht, wenn ich älter werde – aber jetzt, nein! Für wen soll ich arbeiten? Ich habe genug für mich zu leben; vor einer Frau behüte mich der liebe Himmel!«

Herr Paulmann zuckte die Achseln. »Ich habe selten erlebt, dass reden von Nutzen war«, sagte er, »und ich will meine Worte sparen. Sie kann nur das Leben bekehren. Aber glauben können Sie's einem Sechziger, der nicht umsonst gelebt hat: Der Zweck, zu dem uns der Schöpfer schuf, ist die Arbeit. Wer, ehe die Jahre ihn dazu zwingen, sie unterlässt, der verfehlt seinen Lebenszweck, er wird sich selbst und anderen zur Last. Ich bin kein Philosoph, dazu habe ich weder Anlage noch Zeit, aber das weiß ich dennoch: Wer nur dazu lebt, seine Anschauungen zu erweitern, wie Sie sagen, der ist ein Egoist, und Egoisten sind die unglücklichsten Menschen.«

Eduard antwortete nicht, und Paulmann lenkte das Gespräch ab auf den Suezkanal. Eduard, welcher auf die Vorwürfe und Ermahnungen in Pietät nichts hatte erwidern wollen, ging lebhaft auf dies Thema ein.

Der Kaufmann bemerkte nicht ohne Überraschung, dass Eduard in der Frage über die Handelswege ganz zu Hause war. Er ging näher auf die Handelsbeziehungen zwischen den verschiedenen Nationen ein, das Gespräch wandte sich von dem Kanal auf den Isthmus von Darien und die Bedeutung der Pazifikbahn, und je mehr der junge Mann sprach, desto mehr hellte sich das Gesicht Paulmanns auf.

Eduard geleitete den alten Freund seines Vaters in sein Hotel und von dort am Nachmittag zum Bahnhof. Paulmann, der wohl fühlte, wie ein weiteres Einreden in den Sohn seines früheren Chefs unnütz und unerquicklich zugleich sein musste, kam auf das alte Thema nicht wieder zurück, er erzählte von seiner Familie und gelangte darüber zu seinem eigenen Geschäft. Er berichtete von dem raschen Eingang, welchen ihm seine frühere Stellung als erster Disponent vom Hause Hasperg bei den ersten Firmen des Kontinents verschafft habe, und von der Richtung und Ausdehnung, welche sein Geschäft jetzt genommen.

Die beiden gedachten dann gemeinsam der vergangenen Tage, Eduards Kindheit und seiner Eltern. Als schließlich die Glocke zur Trennung rief, musste Eduard sich gestehen, dass ihm die Stunden des Zusammenseins rascher und angenehmer vergangen waren, als er wohl erwartet hatte.

Im Fenster des Coupés ergriff Paulmann zum letzten Abschied Eduards Rechte und hielt sie mit beiden Händen. »Eduard Hasperg Sohn«, sagte er langsam, jedes Wort betonend. »Hoffe, ich erleb's doch noch, die alte Firma im Register zu sehen.«

Eduard musste lachen und schüttelte den Kopf.

»Seien Sie kein Narr, Eduard. Ich habe vielleicht heute Morgen zu hart über Ihre Reisen geurteilt; gelernt – das habe ich nachher gesehen – haben Sie doch dabei. Laufen Sie sich meinetwegen die Hörner nur erst ab, und wenn Sie meinen, Sie hätten nunmehr Ihre Anschauungen genug erweitert, so – schreiben Sie's Ihrem alten Freunde,« – Die Lokomotive pfiff. – »Gott befohlen.« Eduard stand allein auf dem Perron und sah dem enteilenden Zuge noch lange nach, als dieser bereits, um das neue Stadtviertel sich wendend, längst seinem Blicke entschwunden war. »Ein treues, gewissenhaftes Gemüt – aber doch von philisterhaften Anschauungen, eingetrocknet in seine Zahlen,« sprach er zu sich, warf die Zigarette weg und trat zur Laterne, sich eine neue anzuzünden. »Lass dich davon nicht anwehen, Eduard. Pah! *Profitiamo dei tempi felici.*«

Der Unionsball hatte heute Abend sein gewöhnliches Aussehen. Der Parkettboden war spiegelblank, und die Kronleuchter verbreiteten genügende Helligkeit, um die Unvollkommenheiten der menschlichen Natur genau beobachten zu können. In scheuen Häufchen sammelten sich zu Beginn die jungen Mädchen hie und dort an, bald der eigenen Toilette, bald der ihrer Freundinnen und Feindinnen prüfende Blicke zuwendend, bald auch nach den Herren ausschauend, die in der Ferne aufmarschiert standen und das Ansehen hatten, als seien sie zu einer Tierschau geladen. Seitwärts saßen in langen Reihen die Mütter, ernst und erwartungsvoll, nicht zu einem fröhlichen Feste, sondern als Richterinnen zu einem Wettkampf erschienen.

Hauptsächlich der angesehene Kaufmannsstand war in der »Union« vertreten, nur ein Dutzend Artillerie-Uniformen etwa glänzten zwischen den schwarzen Fracks hervor – junge Sekondeleutnants, deren unschuldig weiches Herz durch die Reize irgendwelcher Schönen verwundet, oder ausgeräucherte Kapitäne, deren Magnet mehr die Goldkiste der Väter war.

Als Charlotte in Begleitung ihrer Mutter, der Frau Weiland, in den Saal trat, ward bereits der dritte Tanz gespielt, gegen sechzig Paare hatten sich zusammengefunden, und es begann die Gesellschaft überhaupt fröhlich zu werden und sich durcheinanderzumischen. Charlotte war in sehr anspruchsloser Toilette. Sie trug ein weißes Kleid mit schmalem Lilabesatz und ein kleines Veilchenbukett im Haar; sie war eine sehr wenig auffallende Erscheinung, wenn sie auch immer mehr bei näherer Betrachtung gewann, denn ihr Gesicht war geistvoll und ihr ganzes Benehmen angenehm und anmutig. Sie war heute durchaus nicht in der Stimmung, die sich für einen Ball eignet. Ihre Gemütsart, ernster und mehr zum Nachdenken geneigt als die der meisten jungen Mädchen, hatte schon lange das, was der Prediger Salomo eitel nennt, in den Vergnügungen entdeckt. Wie sie so an der Seite des Saales hinaufging und das muntere Springen und Drehen so vieler Paare beobachtete, beschlich sie ein Gefühl der inneren Leere dieses Treibens und eine gewisse Verachtung ihrer selbst, dass sie daran teilnehmen wollte. Es bedrückte sie aber außerdem noch die Erinnerung an den vergangenen Morgen und an ihr Gespräch mit Arabella. Sie glaubte schon einen vollständigen Bruch mit ihrer Cousine, deren schwankender, grundsatzloser Charakter immer mehr hervortrat, deutlich vorauszusehen, und das tat ihr weh, da die Verwandtschaft wie die Gewohnheit sie mit vielen Banden an dieses bei allen Fehlern liebenswürdige Mädchen gekettet hatten.

Aber welche Überraschung bemächtigte sich ihrer, als sie inmitten der Tanzenden eben diese Arabella jetzt entdeckte, welche heute Morgen noch erklärt hatte, den Ball nicht besuchen zu wollen. Arabella tanzte mit Herrn Göring. Charlotte setzte sich neben ihrer Mutter zur Seite hin und sah ruhig zu.

»Sieh, Lottchen«, sagte die Mutter, »da ist ja auch Hasperg, aber natürlich tanzt er nicht; der Mensch findet doch an nichts Geschmack. Warum er nur hierher kommt?«

In der Tat war Eduard dort. Er stand, an einen Pfeiler gelehnt, in der Nähe der Damen und bemühte sich, den zweiten Knopf seiner perlgrauen Handschuhe zuzuknöpfen.

Charlottens Herz klopfte schneller. »Zusehen ist auch ein Vergnügen«, erwiderte sie zerstreut.

»Es ist schade«, fuhr ihre Mutter fort, »dass der Mann so blasiert ist. Das wäre eine ausgezeichnete Partie. Und sieh nur, da wird Jagd auf ihn gemacht – aber es wird der guten Frau Walldorf wohl nichts helfen.«

Eduard war der Reihe der Mütter zu nahe gekommen. Eine dicke, gutmütig aussehende Dame in schwerer brauner Seide klopfte ihn auf die Schultern und lud ihn mit freundlich leuchtenden Augen ein, neben ihr Platz zu nehmen und von seiner letzten Reise zu erzählen.

»Klärchen hat sich so für Sie interessiert«, sagte die gute Frau, von ihrer Tochter sprechend; »immer sagte sie, wenn Herr Hasperg wiederkommt, wird er uns so Schönes erzählen, aber wir haben niemals das Vergnügen gehabt, Sie bei uns zu sehen. Und wir waren doch immer so nahe befreundet mit Ihren lieben seligen Eltern.« Das war nur der Anfang. Eduard sollte schwere Erfahrungen darin machen, was es heißt, eine gute Partie zu sein. Binnen wenigen Minuten war er der Mittelpunkt eines ganzen Kreises der liebevollsten Ballmütter. Selbst eine alte stocktaube Frau setzte ihr Hörrohr in das Ohr und schrie ihm zu: »Ist es wahr, Herr Hasperg, dass es in den Tropen so heiß ist?«

Da endete die Polka, die Paare lösten sich auf, und die gehorsamen Töchter versammelten sich bei den Müttern, welche Eduard fest eingeschlossen hielten. Armer Eduard!

Arabella näherte sich unterdessen Charlotte und begrüßte sie in kühler Weise. Charlotte sah ihr an, dass eine Frage, warum sie so inkonsequent handle, nur eine spitze Erwiderung finden würde, und schwieg ganz über das Gespräch des Morgens. Dadurch war Arabella etwas aus der Fassung gebracht, sie redete über dies und jenes Gleichgültige, und man konnte ihr einen gewissen Zwang in ihrem Wesen anmerken.

Die beiden waren noch in ihrer Unterhaltung begriffen, als es Eduard gelang, sich seiner Umgebung zu entledigen. Er zog, als ihm die Sache zu bunt ward, seine Uhr und erklärte laut und mit der größten Unbefangenheit, es sei zehn Uhr und für ihn Zeit zum Schlafengehen, er riete auch den jungen Damen, die ihre Gesundheit liebten, sich ins Bett zu verfügen. Diese Erklärung hatte Lachen, aber auch großes Missvergnügen bei den Müttern erregt.

Nun führte ihn sein Weg dicht an den beiden jungen Mädchen vorüber. Sein Blick war unwillkürlich durch Arabellas imposante Figur und ihre schöne Toilette – sie war in weiß und grüne Seide gekleidet – angezogen; er verneigte sich grüßend und wollte passieren, als sein Auge auch dem Charlottens begegnete.

In diesem Blick lag etwas ihm Sympathisches. Er zauderte einen Augenblick, bis er sich entschloss, zu ihr zu treten, und einige gewöhnliche Höflichkeitsphrasen austauschte. Doch Charlotte war sehr kalt in ihrem Wesen gegen ihn, sodass er in halber Verlegenheit sich zu Arabella wandte und mit ihr ein Gespräch anknüpfte, in welches diese sich mit dem größten Eifer einließ, und zugleich mit einem solchen Blickfeuer, dass es einem leichter zu entzündenden Herzen sehr gefährlich hätte werden müssen.

Aber Charlottens Kälte reizte seine Eitelkeit, und als jetzt zu Beginn des neuen Tanzes mehrere Herren sich näherten und einer von ihnen Arabella aufforderte, wollte er sein Gespräch mit ihrer Freundin wieder beginnen und erwartete mehr Entgegenkommen zu finden.

Er tat es jedoch in unglücklicher Manier, denn er sagte: »Ein fades, langweiliges Vergnügen so ein Ball.«

Charlotte lachte und erwiderte: »Sie erhöhen den Reiz dieser Vergnügungen wahrlich nicht.«

»Wieso? Wenn ich fragen darf,« sagte Eduard beleidigt.

Charlotte betrachtete ihn mit durchdringendem Blick, und erst nach einer langen Pause antwortete sie: »Sie selbst sind langweilig.«

Eduard ward dunkelrot. Es war ihm den ganzen Abend nur Schmeichelhaftes gesagt worden, sodass diese offene Erklärung mit doppelter Stärke wirkte. Doch besaß er genug Selbstbeherrschung, um nur mit einer Verbeugung zu erwidern: »Ich bin Ihnen sehr verbunden, mein Fräulein.« Er wollte sich entfernen, denn er ärgerte sich. Aber es lag etwas so Überlegenes, ruhig Beobachtendes in der jungen Dame Blick, dass er wider seinen Willen interessiert ward, sich gleichsam schämte, dem Kampfe auszuweichen. Er blieb.

»Es ist aber wohl Zeit für Sie, zu Bett zu gehen. Sie bemerkten vorhin, dass es schon zehn Uhr sei,« sagte Charlotte. »Ich würde es mir nie verzeihen können, wenn ich Ihnen Ihren Schlummer raubte.«

»Ich verstehe Sie«, sagte Eduard kalt, obwohl innerlich kochend vor Ärger. »Ich wünsche Ihnen einen guten Abend.« Er erhob sich und ging davon. »Eine unausstehliche Person«, sagte er für sich. »Ich glaube, sie ist impertinent.« Er ging in ein Nebenzimmer, um vor dem

Fortgang ein Glas Punsch zu trinken. Aber ehe er den Punsch bekam, stieg sein Ärger auf eine solche Höhe, dass er umkehrte, um Charlotte recht derb seine Meinung zu sagen. Er hielt das für seine Pflicht gegen die Gesellschaft.

Charlotte saß jedoch nicht mehr auf ihrem Platze, sondern tanzte mit einem ihm unbekannten Herrn. Er wartete daher, bis sie aufhören würde. Charlotte tanzte reizend, das musste er sich gestehen, als er ihre Bewegungen so mit den Augen verfolgte. Jetzt kam sie dicht an ihm vorbei, und es traf ihn derselbe überlegene und jetzt noch dazu spöttische Blick, der ihn vorhin schon wider seinen Willen gefesselt hatte. »Du bist ein Esel gewesen, Eduard«, dachte er, »du hättest ihr schärfer erwidern sollen; dies naseweise Gänschen, das noch nie über die Kreisgrenze gekommen ist, wäre imstande, dich für dumm zu halten.«

Er wartete das Ende des Tanzes ab, trat dann auf Charlotte zu und sagte: »Ich möchte nicht die Bemerkung unterdrücken, Fräulein Weiland, dass ich Ihr Benehmen gegen mich sehr unhöflich gefunden habe.«

»Ich will die Bemerkung nicht unterdrücken, dass ich Ihr Benehmen gegen alle Damen sehr unhöflich gefunden habe.«

»Darf ich mir darüber eine nähere Erklärung ausbitten?«

»Sie kommen hierher, tanzen nicht, geben deutliche Zeichen von Langeweile und erklären, ein Ball sei ein fades Vergnügen.«

Eduard zuckte die Achseln. »Niemand langweilt sich mit Absicht, es muss doch wohl die Gesellschaft, die ich hier angetroffen habe, mich nicht interessieren.«

»Ja, es fragt sich nur, an wem die Schuld liegt. Ein Mensch, der sich immer langweilt, sollte den Grund davon in sich selbst suchen. Wenn er ehrlich ist, wird er ihn finden.«

»Wenn ihm geholfen wird beim Suchen, noch leichter. Ich würde für eine solche Hilfe dankbar sein.«

Charlotte machte ihm einen Knicks. »Dann suchen Sie sich eine Hilfe. Vielleicht finden Sie jemand, der gutmütiger ist als ich. Fragen Sie den um Rat.«

»Erlauben Sie, mein Fräulein«, erwiderte Eduard, »wer sich der Mühe unterzieht, sich so deutlich auszusprechen, wie Sie getan haben, engagiert sich zu tief, um auf solche Weise ausweichen zu können. Ich müsste es als eine besondere Laune betrachten, wenn Sie jetzt unser Gespräch abbrechen wollten.«

Charlotte zauderte. »Nun«, sagte sie dann, indem sie sich setzte und dadurch Eduard einlud, ihrem Beispiele zu folgen, »ich denke, da haben Sie recht, und ich muss die Folge meiner Torheit tragen. Übrigens ist der Grund ungemein einfach. Sie denken nur an sich selbst, und selbst der interessanteste Gegenstand, wenn man immer, immer an ihn denkt« – schloss sie mit einem seinen Lächeln – »wird zuletzt –«

»Hm! Sie wollen sagen, ich sei ein unerträglicher Egoist,« erwiderte Eduard, »ich danke Ihnen sehr für die Mitteilung Ihrer freundlichen Ansicht.«

Er erhob sich in der unangenehmsten Stimmung, am liebsten hätte er sich sogleich entfernt, aber es hielt ihn der Gedanke, Charlotte würde glauben, er sei aus Ärger über sie fortgegangen. Er wollte ihr eine solche Gewalt nicht zugestehen. Dass sie die Wahrheit gesagt hatte, eine Wahrheit, die er erst heute zu entdecken vermeinte, das vermochte er sich selbst gegenüber nicht abzuleugnen. Aber es war kein Grund, seine Stimmung zu verbessern.

Da kam ihm, wie zufällig, Arabella in den Weg. Ihre großen Augen sahen ihn so freundlich an, dass es seinem gereizten und verwundeten Gemüte wohl tat; er bot ihr den Arm, unterhielt sich und tanzte mit ihr den nächsten Tanz. Arabella war in der Tat die schönste Tänzerin auf dem Balle. Er hatte es vorhin nicht bemerkt, er hatte keine recht angesehen; aber nach der Demütigung, die er erlitten hatte, erschien es ihm schmeichelhaft, die Aufmerksamkeit dieser Schönen auf sich gerichtet zu sehen. Er tanzte erst einen, dann noch mehrere Tänze mit ihr; Arabella war sehr entgegenkommend. Trotzdem richtete sich sein Blick mehr und mehr, je weiter der Abend vorrückte, auf Charlotte. Er lieh Arabellas Unterhaltung nur ein taubes Ohr und antwortete zerstreut.

»Wo diese kleine Weiland nur ihre Prätensionen herhaben mag«, fragte er sich verdrießlich. »Aus dem Stickgarngeschäft ihres Vaters? Nicht einmal hübsch ist sie zu nennen. Sie hat in der Tat graue Augen – Fräulein Höpfner hat ganz recht. Weg damit, Eduard; tue ihr den Gefallen nicht, dich über sie zu ärgern. Was ist dies Fräulein Höpfner für ein reizendes Mädchen! Sanft, freundlich, anmutig und bescheiden. Sei kein Stock und mache ihr die Cour, sie verdient es.« Er bezwang sich und begann Arabella von seinen Reisen zu erzählen, von dem Leben der Kabylen, von der Kasbah und vom Löwenjäger Gérard; dann, als er erfahren, dass Arabella die Schweiz gesehen, begleitete er seine Tänzerin vom Fuß des Atlas auf den Rigi und bestätigte ihr die Schönheit des Alpenglühens – und dennoch – es glückte ihm doch nicht, seiner Empfindungen Herr zu werden. »Sie denken an sich, das ist begreiflicherweise langweilig«, hörte er im Geiste immer wieder sagen. – Er suchte sie fortwährend mit dem Blicke; es kam ihm vor, als ob sie geflissentlich seine Nähe meide. Nur ein einziges Mal vermochte er wieder Charlottens Augen zu begegnen, und, wie ihn dünkte, blickten dieselben sehr spöttisch. Seine Seele füllte sich immer mehr mit Bitterkeit gegen sie.

Der Ball hatte sein Ende erreicht. Tänzerinnen und Tänzer, zuschauende Mütter und Väter gingen oder fuhren nach Hause, sprachen ermüdet und abgespannt von den Erlebnissen des Abends und freuten sich auf ihr Bett. Ganz junge Mädchen schwebten auch in höheren Regionen und blickten zurück auf den Tanzsaal wie auf ein paradiesisches Gemach, drückten ihrer Freundin die Hand und sagten: »War es nicht himmlisch? Ach, und schon zu Ende!«

So ging es Charlotten nicht. Als sie das Veilchenbukett aus den Haaren nahm und sich ihres übrigen Ballschmuckes entledigte, fielen helle Tränen aus ihren Augen. Ihr Herz war mit schweren Zweifeln erfüllt.

Liebte sie Eduard wirklich? Halb im Scherz, wie Mutwillen treibend mit den Regungen ihres Herzens, hatte sie gestern ihrer Freundin gegenüber jenen Entschluss ausgesprochen, den Entschluss, den viel umworbenen Mann selbst durch eigenes Wollen und Handeln sich zu eigen zu machen. Jetzt kam ihr ganzes Tun und Denken ihr selbst unweiblich vor, ja, wie ein Frevel am eigenen Herzen. Und doch – so viele, die große Mehrzahl der jungen Mädchen ihres Kreises erstrebten bewusst und unbewusst seinen Besitz; war sie schlechter als sie? Nein, sie glaubte sich besser als jene. Ja, sie liebte ihn wirklich, der heutige Abend hatte ihr das eigene Innere vollends klar gemacht. Sie liebte in ihm den Menschen, nicht die Stellung, welche er in der Welt einnahm; sie fühlte, sie wusste es, dass er mehr, weit mehr war, als er sich gab, wusste, dass eben seine Stellung, die ihn von den ersten Lebenstagen an begleitet, ihn einsam und unglücklich gemacht hatte.

Charlotte besaß solche Selbstbeherrschung, dass sie den ganzen Abend ohne Wanken ihre Rolle durchgeführt hatte, aber jetzt sank ihre Kraft zusammen. Es bemächtigte sich ihrer ein tiefes Misstrauen in den Erfolg ihrer Mittel. Sie gehörte zu jenen Naturen, welche ihre Gemütsbewegungen nicht offenbaren, welche zu stolz sind, um die Geheimnisse ihres Innern der neugierigen, teilnahmslosen Welt zur Schau zu tragen, und welche darum häufig für kalt und teilnahmslos gehalten werden. Doch eben diese Naturen fühlen tief und stark. Sie bringen dem, welcher sie zu verstehen fähig ist, die schönste Belohnung für die Mühen, welchen er sich unterziehen muss, um sich ihrem Innern zu nähern. Charlottens Herz bewegten die in ihr kämpfenden Gefühle heftig. Ihrer früheren Freundin Benehmen hatte sie empört. Arabella konnte nur auf den Ball gekommen sein, um sie zu beobachten, ja um ihr zu schaden, und wenn auch dieser Zweck nicht erreicht war, so war es darum nicht weniger kränkend. »Wäre er ein Mann, der Arabella mir vorziehen könnte, so wäre er eben ein Mann, den ich nicht möchte, aber ich habe es deutlich bemerkt, dass er sich ihr nur näherte, weil ich ihn zurückgestoßen hatte. Aber dennoch ... du bist ein schwaches Mädchen, wie willst du dich vermessen, dem Schicksal seine Wege vorzuschreiben? Wähnst du, der Stein, dem Wanderer in den Weg geworfen, lenke ihn vom falschen Pfade ab? Nein, er umgeht ihn nur, um wieder in die alte Straße einzulenken. Wenn er dich verabscheute? Wenn er dich von nun an ganz miede? Du bist zu schroff gewesen – aber nein, ich habe ihm nur die Wahrheit gesagt, habe ihm gesagt, was ich denke. Kann er diese Wahrheit nicht ertragen, so mag er hingehen, dann habe ich mich in ihm getäuscht. Und wenn ich mich in ihm getäuscht hätte? Es wäre schwer zu tragen.« Sie verbrachte eine schlaflose Nacht trotz der großen Ermüdung.

Es war sechs Uhr morgens, als Eduard durch die rüttelnde Hand des alten Tubbe aus tiefem Schlafe erweckt ward. Er fuhr sehr unwirsch in die Höhe und fragte, was es gebe.

»Herr Eduard, Sie müssen aufstehen«, sagte der Alte.

»Warum, was ist denn? Kann man nicht einmal unangefochten seine Nachtruhe haben?«

»Eile mit Weile geht heute nicht, der Zug fährt acht Uhr fünfundzwanzig.«

Eduard besann sich. Er hatte am heutigen Tage seine Reise antreten wollen. Zu gleicher Zeit fiel ihm der Ärger ein, den er vergangene Nacht auf dem Balle gehabt hatte, und das spöttische Gesicht Charlottens tauchte vor ihm auf. »Hm«, sagte er gedankenvoll, – »Suezkanal – Wir wollten doch nach dem Suezkanal, Tubbe?«

Der Alte starrte ihn verwundert an.

Eduards schlechte Laune kehrte vollständig zurück. Der Schlaf war nur eine Pause gewesen, die Wunde, welche seiner Eitelkeit und Selbstzufriedenheit geschlagen war, blutete noch immer. »Was willst du denn am Suezkanal?«, fragte er mürrisch.

Der Alte schüttelte den Kopf.

»Suezkanal!«, rief Eduard heftig. »Ist es der Mühe wert, mich darum vor den Hühnern aus dem Bette zu holen? Aber mir muss alles konträr laufen.«

> »Der nur hat Bekümmernis,
> Der die Arbeit hasst,«

erwiderte Tubbe.

»Eiapopeia! Bleib mir mit deinem Ammenliede vom Leibe!«, entgegnete Eduard heftig. »Wie mich die Lampe blendet! Tue sie fort. Es ist kaum sechs Uhr, ich will schlafen.«

Der Alte entfernte sich, indem er vor sich hinbrummte: »Eile mit Weile.« – »Da muss was passiert sein,« fuhr er dann in seinen Gedanken fort. »Das muss ich erfahren. Sonst schiebt er seine Reise doch nicht auf und ist auch des Morgens niemals müde. Aha! Ich hab's. Er ist gestern auf dem Unionballe gewesen, und da ist's ihm durch den Kopf gefahren. Aber dem alten Tubbe macht er doch nichts vor, der kommt hinter alles.«

Damit nahm der Alte seinen Hut vom Haken und schickte sich an, den Ökonom der Union zu besuchen, welcher sein Freund war und das Treiben in jenen Gesellschaften genau kannte. Von ihm hoffte er zu erfahren, was Eduards Laune so verändert, denn er hatte doch den ganzen Abend hindurch dem Balle zusehen müssen.

Es fanden heute Morgen viele Besprechungen über den Verlauf des Balles statt, doch waren nicht alle zu so früher Stunde, wie das Gespräch zwischen Tubbe und dem Ökonomen der Union. Gegen zehn Uhr etwa fand sich Arabella am Frühstückstisch ein. Ihr Vater hatte sich bereits auf das Comptoir begeben, sodass sie nur ihre Mutter traf, welche freilich auch auf dem Balle gewesen war, aber eines so gesegneten Schlafes, wie ihre Tochter sich nicht mehr erfreute und schon seit zwei Stunden sich mit Kaffee und einem Braddonschen Romane beschäftigte. Sie war einmal eine gefeierte Schauspielerin gewesen, und Herr Höpfner hatte sich in sie so weit verliebt, dass er aller Warnungen seiner Freunde und Verwandten, welche den leichtsinnigen Charakter der jungen Dame kannten, ungeachtet ihr seine Hand angeboten hatte.

Das damalige Fräulein Delangle war nicht so leichtsinnig gewesen, die Hand des wohlhabenden Bankiers auszuschlagen. Frau Höfners runzelige, gelbe, von der Schminke stark mitgenommene Backen erlaubten ihr nicht mehr wie in früherer Zeit Liebesintrigen für eigene Rechnung zu betreiben, und sie behalf sich daher mit den Geschichten von Söhnen unbekannter Väter, von Männern von zwei bis drei Frauen, sowie von sonstigen Abnormitäten der Gesellschaft, mit welchen englische Damen ihren Schwestern in Deutschland zu Hilfe kommen. Eben las sie mit tiefer Nahrung die Schilderung der Gefühle einer schönen liebenswürdigen Dame, welche auf den Tod ihres Gatten wartet, um den Geliebten heiraten zu können.

Als Arabella eintrat, legte sie das Buch zur Seite. Sie hatte ein ernsthaftes Gespräch mit der Tochter vor, wusste es aber nicht recht einzuleiten, da sie vor derselben eine gewisse Scheu hatte, jene Scheu, welche der niedrige Charakter immer vor dem höheren hat. Arabella stand moralisch hoch über ihrer Mutter, obwohl sie leichtsinnig und leidenschaftlich war, – Eigenschaften, welche der Mangel einer strengen Erziehung durch eine edle Mutter bei ihr hatte aufwuchern lassen.

Frau Höpfner umgab die Tochter heute mit allerhand kleinen Süßigkeiten. Sie hatte frischen Kaffee machen lassen, fragte, wie die Tochter geschlafen habe, und schien überhaupt die Sorgsamkeit selbst zu sein. An äußerlicher Sorgfalt hatte sie es allerdings hinsichtlich Arabellas niemals fehlen lassen, wenn sie auch ihrem Kinde gegenüber den ernsten Mutterpflichten nur wenig nachzukommen vermochte.

»Wie gefiel dir denn Herr Hasperg gestern?«, fragte sie endlich.

»Nun«, erwiderte Arabella, »er ist kein übler Mann, aber ich interessiere mich nicht für ihn.«

»Natürlich,« versetzte die Mutter mit schlauem Blick, »es ist kein Prinz von Corren, aber, liebstes Bellchen, wir müssen doch einmal solide denken.«

»Du hast gestern doch drei Tänze mit ihm getanzt«, fuhr sie dann fort, »und eine Stunde lang mit ihm gesprochen.«

»Es tut mir leid, dass ich es getan habe, es war schlecht von mir. Es war schlecht von mir, dass ich überhaupt auf den Ball ging.«

»Wieso denn? Was ist daran Schlechtes?«

Arabella antwortete nicht, und die Mutter wiederholte die Frage nicht. »Meinetwegen,« fing sie wieder an, »aber denke dir, Bella, gestern hat Hasperg dem Vater hundertzwanzigtausend Taler, sage einhundertundzwanzigtausend Taler, zur Verfügung gestellt.«

»Nun?«

»Hundertzwanzigtausend Taler! Das wäre eine Partie für dich, und der Mensch scheint eine Neigung für dich zu haben.«

»Mama, ich bin heute Morgen müde und abgespannt. Wenn du mich mit deinen Heiratsplänen wieder plagen willst, gehe ich auf mein Zimmer.«

»Na, na, sei nur gut, liebes Kind, ich spreche ja nur so,« besänftigte die Mutter.

Es war sonderbar, dass Frau Höpfner, obgleich gänzlich unbekümmert um das wahre Heil ihres Kindes, dennoch mit Selbstverleugnung, mit Aufopferung ihrer persönlichen Interessen, ihre Tochter vorteilhaft zu verheiraten trachtete. War es Eitelkeit, war es der Wunsch, ihren Bekanntinnen zeigen zu können: Meine Tochter hat einer gewollt, eure nicht? War es nur die Lust am Ehestiften an und für sich? Es ging ihr wie so manchen Müttern, die ihre Töchter um jeden Preis verheiraten möchten, nur verheiraten, selbst wenn sie bei ruhiger Überlegung sich selbst sagen müssten, dass die Heirat für die Tochter ein Unglück und für sie selbst durchaus kein Glück wäre. Was konnte Frau Höpfner daran liegen, so schnell als nur möglich Arabella reich zu verheiraten? Höpfners galten selbst für reich, Arabella war ihrer Mutter in keiner Weise ein Hindernis, von welchem sie sich zu befreien getrachtet hätte. Warum richtete sie nun nicht ihr Augenmerk lieber darauf, dass die Tochter einen achtungswerten, liebenswürdigen Mann bekam? Warum überließ sie nicht die Sache der Zeit und Arabellas Neigung? Das fiel ihr gar nicht ein. Ihr Herz hatte vor Freude gehüpft, als sie Hasperg mit ihr tanzen und lange sich unterhalten gesehen hatte, denselben Hasperg, welcher ihrem Manne am Morgen die große Summe Geldes anvertraut hatte, aber als unausstehlich blasiert galt, und von welchem sie bei einiger Überlegung sicher voraussetzen konnte, dass er seine Schwiegermutter gänzlich missachten, sie ignorieren oder ärgern würde. Einerlei – er war reich, er war eine Partie, nun galt es nur noch; ihn zu fangen.

Nur machte ihr das Verhältnis ihrer Tochter zu dem Prinzen Sorge. Sie hatte denselben aus Eitelkeit gern in ihrem Hause gesehen und ihm jeden Vorschub geleistet, Arabella allein zu sprechen. Es kitzelte sie dabei erstens die Freude, einen Prinzen als Hausfreund zu haben, und zweitens die Luft an Früchten, die ihr selbst zwar jetzt verboten waren, die ihr aber so gut geschmeckt hatten, dass der Vergleich mit früheren Zeiten, dass die Erinnerung doch noch süß war. Aber die Leitung der Sache war ihr allmählich aus der Hand gefallen, Arabellas leidenschaftlicher Charakter schien das Verhältnis ernster aufzufassen, als die Mutter gedacht, und diese erfuhr mit Schrecken, dass das Gerücht sich bereits dieses Verhältnisses bemächtigt hatte und möglicherweise jetzt die beabsichtigte Verbindung stören konnte.

So war ihr die Reise Haspergs nach Suez, von welcher sie durch die Tochter, wie auch durch Herrn Göring bereits wusste, beinahe lieb, trotzdem sie eine Verzögerung in ihren Angriffsplan bringen musste. Sie hoffte während dieser Zeit die Angelegenheit mit dem Prinzen befriedigend lösen zu können und dabei mit Hasperg durch ihren Mann, den Bankier, in Verbindung zu bleiben.

Sie suchte daher ihrer Tochter im ferneren Verlauf des Gesprächs auf möglichst zarte Weise klar zu machen, dass sie das Verhältnis mit dem Prinzen abbrechen müsse, um Hasperg zu heiraten. Wie eine Art von Trost riet sie ihr am Schluss an, sie könne ja, wenn sie den Prinzen wirklich liebe, mit diesem nach der Hochzeit wieder anknüpfen.

So zart sie aber auch dies gemacht zu haben glaubte – Arabella erhob sich bleich vor Indignation, wandte ihrer Mutter den Rücken und ging hinaus.

Frau Höpfner blieb trostlos zurück; nicht allein jede Hoffnung auf Zustände wie in ihren Lieblingsromanen schien zu Wasser zu werden, sondern es stiegen in ihr auch Befürchtungen auf, welche gleich schweren Gewitterwolken ihre Absicht auf die Zukunft entsetzlich verdunkelten.

Der Hauptgegenstand dieses Gesprächs, Eduard, hatte, nachdem ihn Tubbe verlassen, wieder einzuschlafen versucht. Es war ihm jedoch nicht gelungen. Die unangenehmsten Betrachtungen drängten sich ihm auf. Seine empfindliche Natur ließ ihn alle Kränkungen seiner Eigenliebe in das grellste Licht ziehen. Er hatte sich für unwiderstehlich gehalten, und nun musste ihm von einer Dame gesagt werden, er sei langweilig. Und noch dazu von einer Dame, welche offenbar Geist hatte. »Geist? Pah! Wenn Grobheit und Geist gleichbedeutend wären, müsste in jedem Postkondukteur ein maskierter Lessing oder Humboldt stecken. Es ist ein wohlfeiles Ding für eine Dame, uns mit Ungezogenheiten zu traktieren, welche die Galanterie zu erwidern verbietet. Schlagen wir uns die albernen Geschichten aus dem Kopfe.«

Als er sich endlich erhoben hatte und sein Frühstück einnahm, ward seine üble Laune noch durch das Benehmen Tubbes vermehrt. Der Alte ging mit einem steifen, wunderlich ernsten Gesicht um ihn herum und ließ rätselhafte Bemerkungen fallen, wie: »Halte dich nicht zur Tänzerin, dass sie dich nicht fange mit ihren Reizen.«

Eduard tat, als beachte er dies nicht, ließ sich sein Reitpferd satteln, machte einen mehrstündigen Ritt, aß dann mit einigen Bekannten im Klub zu Mittag und fühlte seine gute Laune allmählich zurückkehren; er ging in das Stadttheater und versuchte den ersten und zweiten Akt von Tell zu hören. »Wie doch die Oper in den letzten Jahren heruntergekommen ist!«, seufzte er. »Dieser Tell ist so heiser wie ein Nusshäher, und die kaiserliche Prinzess Mathilde zirpt wie ein Heimchen.« Er ging mitten in dem großen Racheterzett fort in das *Café du Théatre* und ließ sich eine Flasche *Veuve Cliquot* geben.

Nachdem er die Flasche halb geleert und dazu ein Dutzend Austern verspeist hatte, sah er den Ballabend in einem ganz andern Lichte an als vorher.

»Das kleine Fräulein hatte recht, du bist ein langweiliger Kerl, Eduard. Du denkst zu viel über dich selbst nach. Dies Fräulein Weiland ist ein charmantes Mädchen, und das Vernünftigste wäre, sie zu heiraten. Wahrhaftig, das wäre das Beste. Und Tubbe, der alte Esel, hat ganz recht. Das Alleinsein ist auf die Länge nicht durchzuführen. Dies Junggesellenleben ist furchtbar langweilig; ich möchte es einmal mit der Ehe versuchen und nicht mit diesen ennuyanten Frauenzimmern, die immer ja sagen, sondern gerade solch eine resolute, kluge Person wie Fräulein Weiland wäre mein Geschmack. Da gibt es doch Abwechslung und Amüsement in der Ehe. Bei Gott, ich halte morgen um sie an. Die wird sich wundern! Das wird ein ausgezeichneter

Witz. Und zur Strafe, dass sie mich so geärgert hat, mache ich die Hochzeitsreise nach dem Suezkanal. Ich will ihr zeigen, was langweilig ist, die soll sich wundern; sie soll einsehen, wen sie an mir bekommt. Morgen ist Verlobung, in fünf bis sechs Tagen soll die Hochzeit sein, wenn es auch nur wäre, um die Basenwirtschaft außer sich zu bringen. Dann ist es noch immer Zeit, um zur Eröffnung des Kanals am Platze zu sein.«

Die Idee begeisterte Eduard so, dass er laut für sich lachte. Er ließ die Flasche im Stich, ging nach Hause und schrieb einen Brief an Herrn Weiland, in welchem er um die Hand seiner Tochter Charlotte in aller Form anhielt. Er ließ den Brief offen liegen, um ihn tags darauf noch einmal durchzulesen, und verfügte sich dann zu Bett.

Am andern Morgen war der neue Plan sein erster Gedanke. »Die Idee ist toll«, sagte er zu sich selbst, »aber desto besser, frische Fische, gute Fische. Ich mache die Sache persönlich ab; an den Vater schreiben, ist ein alter, schlechter, unbrauchbarer Zopf.«

Er kleidete sich vollends an und begab sich zum Weilandschen Hause. Doch je mehr er seinem Ziele näher kam, umso langsamer ward sein Schritt. Das Nachbarhaus des Weilandschen hatte einen Kunstladen; vor dem großen Schaufenster blieb er stehen und tat, als sei er völlig im Anschauen Kaulbachscher Kartons vertieft.

»Es wäre unschicklich, derartigen Antrag im Überrock ohne weiße Halsbinde vorzubringen«, dachte er, trat in den Laden und kaufte, um sein Umkehren zu maskieren, einige Fotografien. Er bildete sich ein, sonst den Leuten aufzufallen und sein Geheimnis zu verraten.

Sein Heimweg führte ihn dabei am Höpfnerschen Hause vorbei; Arabella und ihre Mutter saßen beide am Fenster. Unwillkürlich blickte er hinauf. Frau Höpfner grüßte zuerst herunter, Eduard lüftete erwidernd den Hut.

»Diese Arabella Höpfner ist wirklich ein sehr schönes Mädchen, wer sie heiratet, kann Staat damit machen. Aber die Geschichte mit dem Prinzen? Torheit, wer hört auf alle Lästerzungen! Die heilige Susanne war keusch und wie frisch gefallener Schnee, und ohne die Dazwischenkunft eines Daniel wäre sie unfehlbar in die Hände der babylonischen Sittenpolizei gefallen. Aber Torheit, was ficht dich an? Du willst ja nicht sie heiraten, sondern eine andere.«

Ziemlich außer Atem kam er zu Hause an, riss einen weißen Schlips aus der Kommode und legte ihn auf den Tisch. Er sah nach der Uhr. Fünf Minuten nach zehn. Er nahm einen Briefbogen und schrieb, kalligrafisch jeden Buchstaben zirkelnd: Meine Verlobung mit Fräulein Charlotte Höpfner, der jüngsten Tochter des Herrn – Charlotte Höpfner, – dummes Zeug – ich glaube, ich werde noch ganz konfus. O, sie hat recht, ich bin sehr langweilig, es muss ein Ende gemacht werden. Aber einmal ansehen möchte ich sie vorher doch noch, es ist ein verteufelter Schritt, wie schon der heilige Origenes bei ähnlichem Anlass bemerkte. Warum habe ich eigentlich das Höpfnersche Souper abgelehnt? Diese Arabella ist Charlottens beste Freundin, ich hätte sie ohne Zweifel heute Abend dort getroffen. »Nun, Tubbe, wo hast du gesteckt?«

Der Alte war unbemerkt eingetreten, er hängte den Überzieher seines Herrn an den Haken, hob das zu Boden geglittene Halstuch auf und murmelte: »Gaffe nicht in der Stadt hin und wieder und laufe nicht durch alle Winkel.« »Tubbe, was hatten wir doch uns für heute Abend vorgenommen?«

Tubbe antwortete nicht.

»Nun ja, ich meine nicht den Suezkanal, auch nicht das Vergnügen, das du mir für heute Abend versalzen hast.«

»Sie haben für heute eine Einladung zur Jagd nach Hohenstedt erhalten, Herr Eduard. Herr Göring war schon vor drei Stunden hier und wollte Sie abholen; aber Sie schliefen noch.«

»Hohenstedt? Jagd? Das wäre etwas, das wäre etwas, ich muss Zerstreuung haben; hole schnell meinen Anzug und schicke nach einer Droschke.«

Als Eduard in Hohenstedt ankam, sollte das zweite Treiben eben beginnen. Er erhielt noch einen Platz am äußersten Flügel angewiesen, aber zum Schuss gelangte er nicht. Er sprach indes auf dem Rückwege in dem Hause seines Wirts, eines Gutsbesitzers und alten Freundes seiner Familie, eine Menge Bekannte, und es gelang ihm wirklich, sich zu zerstreuen und aufzuheitern. Er nahm sich vor, auch eine Jagd zu pachten. Nachdem auf dem Gutshofe die Beute verteilt war, trennte sich der größte Teil der Gesellschaft. Eduard nahm mit ein paar anderen Freunden des Hausherrn dessen Einladung an und blieb zum Essen.

Er fand seinen Platz neben der Frau des Gutsbesitzers. Dieselbe war in seinem Alter. Beide waren als Nachbarskinder miteinander aufgewachsen, und Eduard wurde ganz heiter in den Erinnerungen, welche er mit der liebenswürdigen und anmutigen Frau austauschte.

»Wer war der schlanke, junge Mann mit dem blassen Teint und dem scharfen Profil, der sich mit dem Rittmeister Belling soeben von Ihnen auf dem Felde verabschiedete?«, fragte er seine Dame.

»Prinz Corren,« lautete die Antwort. »Mich wundert's, dass Sie ihn nicht kennen. Es ist übrigens auffallend, dass die Worte, welche dieser mit mir wechselte, eben eine Erkundigung nach Ihnen enthielten. Der Rittmeister hat ihn bei uns eingeführt, er soll aus dem Orient – aus den griechischen Inseln stammen.«

Der Gatte mischte sich in das Gespräch, und es ward mancherlei von der Herkunft und dem Leben des Prinzen erzählt, Herr Göring, welcher über ihn am besten unterrichtet war, blinzelte mit den Augen und schien andeuten zu wollen, dass nur die Rücksicht auf die Damen ihn hindere, mehrere sehr ergötzliche Geschichten in Betreff des Prinzen zu erzählen. Eduard erfuhr noch, dass derselbe seit vorigem Sommer bei den Ulanen in seiner Vaterstadt stände, aber binnen Kurzem den Dienst zu quittieren und nach Italien zu reisen beabsichtige. Das Eintreten der beiden Kinder des Hauses, zweier allerliebster kleiner Mädchen, unterbrach das Gespräch.

Das eine Kind mit dem niedlichen Zöpfchen, mochte etwa sechs, das andere, das Lockenköpfchen, etwa vier Jahre zählen. Sie schlangen die kleinen runden Ärmchen der Mutter und dem Vater um den Hals, und das ältere flüsterte ganz leise der Mutter irgendein wichtiges Geheimnis zu.

»Erst geht und gebt den Herren hübsch die Hand«, sagte diese.

Die kleinen Dinger gingen mit einem kleinen schüchternen Schritt zu Herrn Göring zuerst und dann zu den übrigen, streckten die Händchen aus und sagten: »Guten Tag, Herr.«

»Wie heißt ihr denn, Kinderchen?«, fragte Eduard.

»Ich heiße Sophiechen Meißner«, sagte die ältere, »und Lottchen heißt, – ja Lottchen heißt ...«

»Vermutlich Lottchen Meißner«, sagte Eduard lachend.

»Ja,« nickte das Kind. »Und meine Puppe heißt Lisbeth,« setzte sie wichtig hinzu.

»Also Charlotte«, dachte er und war wieder nachdenklich.

»Nun dürfen wir doch unsere Puppenstube holen«, sagte Sophie, und beide eilten mit dem Gefühle, ein großes Ereignis erlebt zu haben, hinaus.

Die Gesellschaft saß beim Kaffee, im Ofen brannte ein Feuer, denn es war diesen Abend schon eine herbstliche Frische bemerkbar, es war dämmerig im Zimmer, und das Lämpchen in der transparenten Chaudière, auf welcher die Kaffeekanne stand, verbreitete ein schwaches Licht. Die Herren bliesen den Dampf ihrer Zigarren, bedächtig genießend, in die Luft, sie freuten sich der Ruhe nach der Jagd und dem guten Mittagsessen; die Frau vom Hause hatte ihre Handarbeit fortgelegt und betrachtete mit glücklichem Lächeln ihre Kinder, die in der

Mitte des Zimmers vor ihrem Spielzeug knieten. Sie hatten sich einige Federn von den Rebhühnern verschafft, welche heute geschossen waren, und spielten, indem sie die Hüte der Puppendamen damit schmückten.

»Das ist eine beständige kleine Klappermühle«, sagte die Mutter, »die Gänschen haben sich immer einander zu erzählen.«

In der Tat schwatzten die Kinder unaufhörlich, ihre Bäckchen waren von Eifer gerötet, und keines hörte auf das, was das andere sagte.

Eduard fand die Kinder reizend. Er seufzte. »Wie außerordentlich wohnlich das hier ist«, sagte er.

»Ja«, sagte der Hausherr, »das ist so Familienleben, behagt aber häufig dem Junggesellen nicht.«

»Ich muss sagen«, erwiderte Eduard, »mir gefällt das Landleben ausnehmend. Ich denke es mir so schön, entfernt von dem Stadtgetriebe, so ganz der Natur und irgendeinem Lieblingsstudium zu leben. – Obwohl,« setzte er hinzu, »diese Einsamkeit auch wohl zuzeiten langweilig werden möchte.«

»Zur Langweile finden wir nie die Zeit,« versetzte der Gutsherr. »Es gibt immer zu tun, häufig zu viel. Ich sehe, Sie kennen unser Leben nicht. Wer sich selbst um seine Äcker und um sein Vieh bekümmern will, hat nie Muße, und das muss ein guter Landwirt. Wir finden kaum die Zeit, im Winter ab und zu in die Stadt zum Theater oder in Gesellschaft zu fahren. Lebten wir allerdings nur der Natur und einem Lieblingsstudium, so möchten wir's hier wohl bald bis über die Hutkrempe haben, aber bei einer ernsten, regelmäßigen Beschäftigung ...«

»Ja, ja«, sagte Eduard, »das mag sein.«

Also auch da musste er wieder hören, dass regelmäßige Arbeit das Gesundheitsmittel der Seele sei. Er betrachtete die Hausfrau, er betrachtete das rotbraune, gesunde Gesicht des Hausherrn, den zufriedenen Ausdruck seiner Züge, seine ruhige, sichere Haltung, er sah wieder nach den hübschen Kindern und sagte zu sich selbst: »Du bist ein Tropf. Wen findest du, wenn du nach Hause kommst? Den alten Schafskopf Tubbe. Warum hast du nicht auch zu Hause hinter dem Kaffeetische so ein niedliches, freundliches Weibchen sitzen? Es ist nichts mit dem Junggesellenleben. Einmal muss man doch heiraten, und das Unglück dabei ist: Je älter man wird, desto mehr Chancen hat man, schlecht anzukommen. Mit jedem Jahre verlernt man mehr die Fähigkeit, junge Mädchen richtig zu beurteilen; man verliert auch zugleich das unbeschreibliche Etwas, den jugendlichen Zauber, oder wie ich's nennen soll, welcher den Mädchen gefällt. Ich habe es ja an Charlotte Weiland deutlich gesehen. Das ist ein höchst vernünftiges Frauenzimmer, nur ich gefalle ihr nicht. Warum nicht? Es ist meine Schuld, ich bin zu ernsthaft, nicht jünglingsmäßig, zu blasiert, wie man's nennt. Als ich noch achtzehn Jahre zählte, machte ich noch mehr Fortuna. Ja, ja, Eduard, du wirst alt, du hast nicht mehr die Gabe, den Mädchen zu gefallen. Sie wollen das Unschuldige, das Frische, sie lieben einmal das Gimpelhafte. Es geht den Mädchen wie den Priestern, beide wollen gläubige Anbeter sehen und haben eine instinktmäßige Abneigung gegen alle Kritik. Sie fürchten, unsereins wolle sie aufziehen, und nur, wenn man Heiratsabsichten zeigt, gewinnen sie

Vertrauen. Sie haben eigentlich recht, ich kann es ihnen nicht verdenken. Und um der Sache ein Ende zu machen, – morgen gehe ich hin und verlobe mich.«

Charlotte saß, es war am Morgen, drei Tage nach dem Unionball, mit einer Handarbeit beschäftigt, neben ihrer Mutter in dem einfach, aber wohnlich eingerichteten Familienzimmer, welches im ersten Stocke des Weilandschen Hauses lag. Sie nähte emsig, und ihre Gedanken schienen ganz dem Werke ihrer Hände zu folgen, »Du bist ja so still, Lottchen, und warst es schon gestern,« sagte die Mutter.

»Ja,« entgegnete sie, »es geht wohl so, dass man mehr denkt als spricht.«

»Nun, was denkst du denn?«, fragte die Mutter lächelnd.

»Ich denke über die Zukunft nach. Mir ist manchmal, als lebte ich so ganz ohne Zweck und Ziel, ohne Nutzen für die Welt. Ich beneide dann die Männer. Was ich so tue und leiste, ist Spielerei und unnützer Kram; wenn ich es ließe, wäre es gerade so gut.«

»Es ist mir trotzdem sehr nützlich, dass du z. B. die Servietten ausbesserst.«

»O ja, das ist richtig, so kleinen Nutzen kann ich wohl bringen, aber im ganzen kommt mir meine Existenz doch recht zwecklos vor. Mit Plänen und Hoffnungen nährt man seine Gedanken, bis die schönste Zeit des Lebens vorüber ist; man fängt dies an und das, man ergreift falsche Mittel und Wege, unter vergeblichen Bemühungen und vereiteltem Streben wird man eine alte Jungfer. Ich möchte, mehr Tätigkeit haben, möchte selbstständig schaffen können. Ich möchte, ich wäre Erzieherin geworden, Lehrerin oder so etwas, ich habe noch immer Lust, es zu werden.«

»Torheit,« entgegnete die Mutter, »das sind so Träumereien deines Alters, du bist mir eine sehr nützliche, ganz unentbehrliche Stütze im Hause und wirst, so Gott will, einmal eine tüchtige Frau in deinem eigenen Hause werden, dann wirst du schon mehr zu tun haben, als dir oft lieb ist.«

»Madame möchte so gut sein und zum Herrn kommen«, meldete die eintretende Magd.

Als Frau Weiland in das Zimmer ihres Mannes trat, welches neben dem Comptoir im Parterre des Hauses lag, erblickte sie zu ihrer großen Überraschung dort zunächst Herrn Hasperg mit lächelnder, zuversichtlicher Miene und dem ihren Mann selbst, in großer, aber freudiger Aufregung auf und nieder gehend.

»Liebe Frau«, sagte Herr Weiland, »ich habe dir eine große und angenehme Neuigkeit mitzuteilen. Herr Hasperg hält um die Hand unserer Tochter an.«

Frau Weiland war ganz stumm vor Staunen, doch füllte sich ihr Herz mit großer Freude. Ihr, wie ihrem Gatten, erschien die Verbindung mit dem reichen und gebildeten Manne als ein übergroßes Glück für ihre Tochter, wie sie es zu erwarten niemals gewagt hatten. Denn Weilands lebten zwar in guten, aber einfachen Verhältnissen, während die ehemalige Firma Hasperg zu den angesehensten der Stadt gehört hatte. Da jedoch Eduard sich einmal um Charlotte bemüht hatte, war diese plötzliche Werbung so überraschend, dass sie keine Antwort finden konnte.

»Ja, meine verehrte Frau«, sagte Eduard, »es ist so. Mein Antrag kommt Ihnen wahrscheinlich sehr unerwartet, – ich will Ihnen offen gestehen, dass er mir selbst nicht minder unerwartet ist. Aber eine Idee, welche schnell kommt, ist darum nicht gerade eine schlechte. Meine äußeren Verhältnisse sind Ihnen vielleicht bekannt – ich bin bereit, Ihnen darüber die befriedigendsten Aufschlüsse zu geben.«

»Und sind Sie mit Charlotte bereits im reinen?«, fragte der Vater.

»Sie weiß kein Sterbenswörtchen von meiner Absicht. Ich halte es für meine Pflicht, erst mit den Eltern zu reden.«

»Hm, sehr wohl, ganz gut,« entgegnete der Vater. »Aber Sie kennen Charlotte doch genügend, um über ihre Antwort gewiss zu sein?«

»Die Wahrheit zu sagen,« versetzte Eduard, »sie war nicht eben sehr freundlich gegen mich. Aber eben dadurch hat sie mir gefallen. Sie hat Charakter. Ich brauche eine solche Frau, wie Ihre Tochter sein wird. Und nun lassen Sie uns, bitte, eilen, ihr Nachricht von meiner Absicht zu geben. Ich werde selbst, da ich Ihrer Zustimmung gewiss bin, mit Charlotte reden.«

Die Eltern, obwohl kopfschüttelnd, gaben ihre vollständige Zufriedenheit freudig zu erkennen, und Eduard eilte nach dem ihm bezeichneten Zimmer, um Charlotte zu sprechen, ohne vorher angemeldet zu werden.

»Mein Fräulein«, begann er, als jetzt Charlotte bleich vor Bestürzung vor ihm stand, »Sie werden alles eher erwartet haben, als mich hier zu sehen. Nach der Szene, welche wir vor drei Tagen hatten, würde mancher andere Mann an meiner Stelle wohl niemals wieder gewagt haben, sich Ihnen zu nähern. Bei mir aber hat diese Szene das Gegenteil bewirkt. Ich habe eingesehen, dass Sie recht hatten. Ich bin überzeugt, dass ein Wesen, welches wie Sie zu urteilen weiß und welches die Energie besitzt, ihr Urteil so geltend zu machen, eine passende Lebensgefährtin für mich sein wird. Vielleicht würde unser Zusammenleben kein ganz ruhiges sein. Auch ich habe meinen Willen. Selbst im äußeren Leben würde uns vielleicht mancher Wechsel, manche Unruhe bevorstehen. Meine Interessen sind vielseitig, und ich liebe es, sie zu befriedigen. Aber zu einem solchen Leben sind Sie nach meiner Überzeugung wie geschaffen, Ihre Eltern sind mit mir einverstanden, und ich biete Ihnen somit mein Herz und meine Hand.«

»Mein Herr,« entgegnete Charlotte kalt und gefasst, »ich lehne beides dankend ab.«

Eduard taumelte einen Schritt zurück und war sprachlos – dann drängte sich ihm alles Blut wieder nach dem Gesichte; er ward dunkelrot. »Wie?«, stotterte er. »habe ich recht verstanden?«

»Ihre Hand will ich nicht annehmen,« wiederholte Charlotte, innerlich zitternd, doch äußerlich ruhig. »Ich möchte nicht die Lebensgefährtin eines Mannes sein, der seine Frau in der augenblicklichen Laune wählt, gleichsam aus Widerspruchsgeist.«

Charlotte hielt hier inne. Sie hielt sich nur mit Aufbietung ihres ganzen Stolzes, ihrer ganzen Charakterstärke in ihrer Rolle der ruhigen Überlegenheit. In ihrem Herzen tobten heftige Stürme. Halb triumphierte sie über den Erfolg, welchen sie eher, als sie geträumt, Eduard gegenüber gewonnen hatte, halb fühlte sie sich beleidigt durch die Art seines Antrages. Zugleich regte sie der hohe Einsatz, um welchen sie jetzt spielte, mächtig auf. – Wenn Eduard sie nun ganz aufgab? Sie schwankte, ob sie sich nicht doch an seine Brust werfen, ob sie rufen sollte: »Ich bin die Deine«, aber dennoch verließ sie das Bewusstsein nicht, dass sie einem reiflich erwogenen Plane folgen müsse, um ihr Ziel zu erreichen. Angstvoll betrachtete sie Eduards Mienen, welche in raschem Wechsel Zorn und Beschämung zeigten.

In ihm stürmte es nicht minder, als in Charlottens Brust. Er fühlte sich unaussprechlich gedemütigt, er hätte unter die Oberfläche der Erde versinken mögen, aber zugleich erfüllte ihn Mut und Trotz. Was sollte er tun? Konnte er ihr in Wahrheit zürnen, dass sie so gehandelt? Hatte sie anders gesprochen, als ihre weibliche Würde gebot? Nein, im Gegenteil, sie musste ihm nur liebenswerter durch ihre Abweisung erscheinen. Er entschloss sich endlich, noch eine nähere Erklärung zu verlangen, denn es schien ihm etwas in Charlottens Benehmen zu liegen, was ihm rätselhaft war, und er konnte ja nichts Schlimmeres erfahren, als er schon gehört hatte. Aber diese Überlegung hatte lange gedauert, er stand mehrere Minuten in starrem Schweigen.

Charlotte ergriff die Lehne eines Stuhles, um sich zu stützen, ihre Augen füllten sich mit Tränen. »Fräulein

Weiland«, begann Eduard, »ich wünsche Ihnen noch etwas zu sagen ...« er stockte, seine Brust hob und senkte sich vor Aufregung, es schien ihm, als habe er in den letzten Minuten Jahre voll schmerzlicher Erfahrungen erlebt. »Mein Fräulein, ich kann mich so nicht beruhigen – vielleicht ist – ich bin roh und plump gegen Sie verfahren – vielleicht hat die Art und Weise meines Antrags Sie verletzt. Wenn meine Gefühle mich nicht völlig täuschen, so sind Sie nicht ganz ohne Interesse für mich. Sagen Sie mir nur das eine: Bin ich Ihnen durchaus gleichgültig? Sie werden dem Manne, der sein Leben Ihnen weihen wollte, noch diese Frage gestatten, – bei Gott, ich habe das Recht, noch hierauf Bescheid zu verlangen. Bin ich Ihnen ganz gleichgültig?«

»Nein«, sagte Charlotte sanft, »das sind Sie nicht,« und sah ihn fest an. »Sie sind mir nicht ganz gleichgültig.«

»Wie?«, rief Eduard mit leuchtenden Augen, und doch ...«

»Und doch schlage ich Ihre Hand aus. Ich kann mit Ihnen nicht glücklich werden und würde Sie darum auch unglücklich machen. Wären Sie arm, wären Sie gezwungen, zu arbeiten, ich könnte mich entschließen, Ihr Los zu teilen, aber so ... Sie sind ein Spielball Ihrer Launen, Ihrer Leidenschaften, Sie nennen nichts Ihr eigen als vergängliche Güter, und Sie werden zugrunde gehen, weil Sie nicht gezwungen sind, um Ihre Existenz zu kämpfen. Überlegen Sie doch, aus welchen Motiven Sie mir diesen Antrag gemacht haben, und Sie werden mir zugestehen, dass ich recht habe, indem ich Ihnen sage: Gehen Sie, zeigen Sie, dass Sie ernsten Strebens und der

Selbstaufopferung fähig sind – ich glaube an das Große, das Edle in Ihrer Seele.«

Sie presste die Lippen zusammen, um die aufquellenden Tränen zu unterdrücken. Sie wollte bis zum letzten Augenblick gefasst und stark ihm gegenüber erscheinen. Dann neigte sie grüßend den Kopf und entschwand durch eine Nebentür, sich sehnend, am treuen Mutterherzen von den Erschütterungen, die der Tag gebracht, auszuweinen.

Mit pochenden Schläfen, mit glühenden Wangen eilte Eduard wieder hinab. Die Welt schien ihm verändert, gleich Träumen zogen die jüngst erlebten Ereignisse durch sein Hirn, und für die Zukunft tobte ein Sturm von Entschlüssen auf ihn ein.

Als er an dem Zimmer vorüberkam, in welchem er die Eltern gesprochen hatte, öffnete sich die Tür, und Herr Weiland blickte heraus. Er sah Eduard fragend an. Dieser wäre gern ohne Weiteres vorübergegangen, aber er glaubte es den Eltern und der Tochter selbst schuldig zu sein, über den Misserfolg seiner Werbung eine Rechenschaft abzulegen, welche Charlottens Handlungsweise in ein solches Licht stellte, wie die Gerechtigkeit es verlangte.

Er trat in das Zimmer und sagte: »Ich bin unglücklich gewesen« – der Vater runzelte die Stirn, und die Mutter faltete erschreckt die Hände – »und darin ist mir recht geschehen, Ihre Tochter ist ein edles Mädchen,« fuhr er in Selbsterkenntnis ohne Zaudern fort, »sie ist von edler Denkungsart und voll Charakter, sie hat mir die Antwort gegeben, welche meine Werbung verdiente. Lassen

Sie,« sagte er, als der Vater sprechen wollte, »berühren wir die Wunde nicht weiter. Ich bin unglücklich, aber ich will versuchen, ein Mann zu werden, welcher der Liebe eines Weibes wert ist.«

Er drückte dem Vater die Hand, und ohne eine Erwiderung abzuwarten, eilte er von dannen.

In schmerzlichem Staunen blieben die Eltern zurück, sich selbst Vorwürfe darüber machend, dass sie diese unvorbereitete Werbung angenommen.

Eduard, zu Hause angekommen, durchmaß mit weiten Schritten ruhelos wieder und wieder sein Zimmer. Jetzt mit einem Male durchglühte ihn der Drang, etwas Bedeutendes zu tun, sich dem tatenlosen Leben von früher zu entreißen, durch eine außerordentliche Handlung Charlottens Bewunderung zu erregen. »Sie hat recht«, rief er laut, »und sie hat doch unrecht. Ich fühle meine Kraft, und wenn ich sie nicht gebraucht habe, ist sie mir darum doch unbenommen. Fort aus diesen engen Verhältnissen! Ich will wagen! Ich will mein Vermögen in den kühnsten Spekulationen anlegen, auf eine Weise, dass man hier im heimischen Neste Maul und Nase aufsperrt. Wozu kenne ich Amerika und Asien? Ich will in den großartigen Verhältnissen jener fernen Welt, die man hier nur vom Hörensagen kennt, meinen Namen genannt machen. – Halt, ich hab' eine Idee. Ich werde in San Franzisco ein Speditionsgeschäft anlegen, mit den Yankees rivalisieren, die diesen Punkt schon als den entscheidenden erkannt. Ich werde in Neuyork und in Kanton Filialen anlegen; die große Bewegung, welche jetzt zwischen China und den Vereinigten Staaten ihre Wogen schlägt, soll auch mein Schiff tragen.« Er blieb stehen und lächelte über die eigene Erregung. »Muss es denn so weit weg sein?«, fragte er sich. »Nun, vielleicht fällt mir noch etwas anderes ein. Zunächst will ich alle meine Kapitalien flüssigmachen.«

Er schrieb ein Billett und schellte. Tubbe trat ein.

»Hier«, sagte Eduard, »trage diesen Brief sofort zum Bankier Höpfner, du erhältst Antwort.«

Tubbe hörte mit Verwunderung den energischen Ton seines jungen Herrn, welcher sonst so apathisch zu sprechen pflegte. Er schüttelte verwundert den Kopf, als er Eduards gerötete Wangen und seine blitzenden Augen bemerkte.

Als er fort war, begann Eduard wieder seine Wanderung durch die Länge des Zimmers. Er ließ alle Stände und Berufe des Lebens im Geiste an sich vorüberziehen. Was sollte er werden? Kaufmann, das war das Einzige, was am Schlusse der Vergleichung als praktisch am leichtesten ausführbar erschien und seinen Neigungen doch schließlich auch am meisten entsprach. Die Idee mit San Francisco ließ sich noch überlegen, sie war so übel nicht. Aber würde er Charlotte je wiedersehen? Wollte er sie überhaupt wiedersehen? Vielleicht wäre es besser, sich in London zu etablieren. Das wäre doch eine interessante Stadt und nicht so ganz aus der Welt. Oder Hamburg? Wenn er nun das Drogeriegeschäft des Vaters in der Vaterstadt fortsetzte? Was würde Charlotte davon denken?

In alle seine Pläne mischte sich Charlottens Bild. Wie sie sich zu der Sache stellen würde, das war immer der Gedanke, in welchem alle Zweifel, alle Überlegung kulminierten.

Da unterbrach ein Klopfen an der Tür sein Nachdenken, welches bereits anfing, ihm Kopfschmerzen zu machen.

Ein Kellner aus dem Hôtel de St. Petersburg überbrachte ihm ein Billett.

Eduard las: »Heute früh bin ich mit meiner Frau hier angekommen; wir reisen heute Abend wieder ab. Sie würden uns eine Freude bereiten, wenn Sie zu Mittag bei uns im Hotel essen wollten. Ihr ganz ergebener Wilhelm Paulmann.«

Wie der Anblick einer Oase in der Wüste dem durstenden Reisenden, so erschien das feste, kluge, freundliche Bild des früheren Buchhalters dem gepeinigten Gemüte Eduards. Er beeilte sich, die Einladung anzunehmen.

»Mit Herrn Paulmann werde ich über die Zukunft reden,« war sein erster Gedanke. »Er wird sich freuen, wenn er vernimmt, dass ich wieder Kaufmann werden will, und dieser gewiegte Geschäftsmann ist am besten imstande, meinen Ideen eine praktische Richtung zu geben.«

Da trat Tubbe wieder ein.

»Nun?«, fragte Eduard.

Der Alte antwortete nicht, er brach auf dem nächsten Stuhle fast zusammen, und Eduard bemerkte erschreckt, dass Tubbe vor Aufregung nicht zu sprechen vermochte.

Seine Brust hob sich gewaltsam wie nach einem eiligen Laufe, und der Ausdruck des Schreckens und der Bestürzung lag schwer auf dem alten, treuen, runzligen Gesichte.

»Was ist, Tubbe? Sprich! Was hast du?« fragte Eduard ängstlich.

»Er ist fort,« brachte Tubbe mühsam heraus.

»Fort? Wer? Doch nicht Höpfner?«

»Höpfner!«, sagte der Alte und rang die knochigen Hände. »Er ist fort – fort mit unserem Gelde!«

Erstarrt und regungslos stand Eduard einen Augenblick da, dann raffte er sich zusammen und rief: »Pah!« Er atmete tief, schlug dann ein Schnippchen mit den Fingern und sagte ruhig: »So sei's zum Teufel!«

»Wa–a–as!« Der Alte schoss entsetzt empor.

»Ja, alter Freund, nun muss ich arbeiten! Nun sind die Brücken hinter mir gebrochen, vorwärts muss ich! Hurra, eine neue Zukunft winkt mir! Vorwärts! Jetzt will ich zeigen, dass ich ein Mann bin.«

»Das ist sündlich von Ihnen, Herr Eduard«, rief Tubbe eifrig, »das dürfen Sie nicht sagen. O! Auf meine alten Tage das erleben zu müssen! Das Haus Hasperg ist nun ruiniert, es ist keine Hoffnung mehr, es emporzubringen.«

»Eile mit Weile, Tubbe«, sagte Eduard und legte ihm die Hand auf die Schulter. »Vom Hause Hasperg lebt noch der Sohn des Mannes, welcher das Haus zu dem gemacht hat, was es war. Noch bin ich imstande, mit dem Gelde, welches mir blieb, dir ein sorgenfreies Alter zu bereiten und mir selbst die erste Stufe zur neuen Leiter. – Aber bist du sicher, dass das Geld verloren ist? Ich gehe, es selbst zu untersuchen.«

»Ach, es ist nur zu wahr!«, stöhnte der Alte, »Höpfners Comptoir ist verschlossen und versiegelt, und die Weiber liegen auf den Kanapees und heulen.«

»Ich gehe sogleich dorthin«, sagte Eduard. Er ergriff seinen Hut und ging zur Tür.

Der Alte blickte ihn verwundert an. In all seinem Kummer empfand er doch Freude über das veränderte Wesen seines Herrn. Es machte ihn staunen. Dieser schlaffe, immer gelangweilte Mensch stand ruhig, stark unter diesem schweren Schicksalsschlage. Sein Antlitz war bleich, aber er trug das Haupt hoch, und seine Augen leuchteten wie von den Blitzen eines unerschütterlichen Entschlusses.

In der Tür kehrte Eduard noch einmal um. »Aber Freund«, sagte er sanft zu dem niedergebeugten Diener, »dein Leben war dem treuen Dienste unserer Familie geweiht, den Abend dieses Lebens soll kein Kummer durch meine Schuld trüben. Dieses Haus gehört mir, und es soll wieder der Mittelpunkt eines blühenden Geschäfts werden, wenn Gott meinen Bemühungen seinen Segen gibt. Du bleibst darin wohnen und behütest es, bis es mir vergönnt sein wird, aus der Fremde zurückzukehren.«

Der Alte ergriff des jungen Mannes Rechte, drückte sie und beugte sich über sie, und Eduard fühlte eine Träne auf seiner Hand brennen. »Vertraue, Tubbe!«, sagte er,

»du pflegtest ja immer zu sagen: Arbeit macht das Leben süß. Arbeiten will ich nun.«

Als Eduard am Mittage in des Hôtel de St. Petersburg kam, ging ihm Herr Paulmann mit besorgter Miene entgegen. »Ist es wahr?«, fragte er, »oder ist es nur ein Gerücht? Der Oberkellner sagte mir soeben ...«

»Es ist wahr«, erwiderte Eduard ruhig, »der Bankier Höpfner hat heimlich die Stadt verlassen. Er hat hundertundzwanzigtausend Taler, welche mir waren, mitgenommen.

Bestürzt sank der ernste Mann auf einen Stuhl nieder.

»Barmherziger Himmel!«, rief seine Frau und streckte Eduard beide Hände entgegen, »das ist ja furchtbar!«

»Noch immer habe ich weit mehr als viele, welche an den Anfang ihrer Laufbahn gestellt werden«, entgegnete Eduard gefasst, »mir ist mein Haus geblieben und ein kleines Kapital.«

Herr Paulmann blickte auf und fasste Eduard scharf ins Auge. »Was wollen Sie tun?«, fragte er.

»Ich will die Firma Eduard Hasperg Sohn etablieren,« entgegnete der junge Mann fest. »Mein lieber Herr Paulmann«, fuhr er dann ernst fort, »ich bin das Kind, welchem der Vater das scharfe Messer aus der Hand genommen hat; aber ich will nicht so kindisch sein, darüber zu weinen. An Sie, väterlicher Freund, richte ich jetzt eine große Bitte. Sie waren bei Ihrem letzten Besuche bei mir mit den allgemeinen Kenntnissen, welche ich in kaufmännischen Dingen besitze, zufrieden, wie mir schien. Würden Sie es über sich nehmen wollen, mir die Routine beizubringen, welche mir noch mangelt, um selbst ein Geschäft leiten zu können? Ich möchte als Volontär bei Ihnen eintreten, um in der Branche zu arbeiten, welche mein seliger Vater hatte, welche Sie jetzt haben, und welche ich fortzusetzen gedenke. Sind Sie geneigt, mir Ihren Unterricht zuteilwerden zu lassen?«

Herr Paulmann erhob sich, in seinem ernsten, würdigen Gesichte arbeitete etwas wie unterdrückte Rührung. »Da sehe ich den Sohn meines alten Chefs«, sagte er beinahe zärtlich. »Ob ich Lust habe, Ihnen Unterricht zu erteilen? Ists nicht ein Teil der großen Schuld gegen den Verewigten, die das Geschick mir jetzt abzutragen vergönnt?« Und dann brach er aus: »Eduard, Jung, komm an mein Herz!« und er presste ihn heftig an seine Brust.

»Sieh, Frau«, sagte er dann, »hab' ich dir nicht oft gesagt, es steckt doch etwas drin in dem Sohne des alten Hasperg? Haha! Ists glücklich vorbei mit den kosmopolitischen und philosophischen Schrullen? Noch fürchte ich nicht, dass das ganze Geld in dem Höpfnerschen Konkurse verloren gegangen ist. Und wenn auch – so musst's auch kommen, sonst wär's nichts mit Eduard Haspergs Sohne geworden. Kommen Sie nur mit nach Hamburg, Eduard, da wollen wir die Kettenregel wieder auffrischen, wollen unsere Nasen gehörig in die Drogen hineinstecken. Mit dem Kuckuck müsste es zugehen, wenn nicht noch etwas Tüchtiges aus Ihnen würde. Und nun kommt zu Tische. Es soll uns zu Mittag schmecken, trotz der hundertzwanzigtausend Taler, die zum Frühstück flöten gingen.«

Zwei Jahre waren vergangen seit dem Tage, an welchem Charlotte den Antrag Eduards abgelehnt hatte. – Im Weilandschen Hause saßen Mutter und Tochter, wie ehemals, am Morgen bei ihrer Handarbeit im Wohnzimmer. Die Bilder der Großeltern in ihren alten verblätterten Rahmen blickten ernst von der Wand herab, als ob sie Wache hielten über das Wohl ihres Hauses. Die Uhr pickte eilig und gleichmäßig – ebenso eilig und gleichmäßig flog auch Charlottens Nadel durch das Leinen, an welchem sie nähte, strich der Zeiger auf der Uhr, unbekümmert um das Lebende und Leidende, mit unerbittlicher Genauigkeit eine Sekunde nach der anderen aus dem Dasein, und die beiden Frauen dachten der Vergangenheit.

Die Mutter blickte von Zeit zu Zeit verstohlen über ihr Strickzeug weg, ein besorgter, liebender Blick schimmerte in dem gutherzigen Gesichte und heftete sich auf die Tochter, welche beharrlich sich über ihre Arbeit beugte. Endlich, da Charlotte den Kopf gar nicht erheben wollte, sagte sie: »Meinst du nicht, Lottchen, dass es bald Zeit wäre, eine kleine Gesellschaft zu geben? Wir müssen notwendig Bultings und die Rätin Froschhammer und Eisenbergs und Gutmanns einmal wieder bitten.«

»Schön, liebe Mutter,« erwiderte Charlotte mit leiser, sanfter Stimme.

»Ja, mein Kind, du sagst wohl schön, aber ich muss immer befürchten, dass dir dergleichen unangenehm ist, du nimmst so wenig Anteil an der Gesellschaft.«

Das junge Mädchen ließ ihre Arbeit sinken. »Da hast du wohl recht, und ich werfe es mir selbst vor. Es ist recht egoistisch – aber es wird mir schwer, es zu verwinden. Ich beschäftige mich in Gedanken zu viel mit mir selbst, mit Dingen, die mich ganz nahe angehen, mit – mit dir, mit dem Vater, und vergesse darüber, was man nicht vergessen sollte, den Kreis der übrigen Menschen, die doch auch mehr oder weniger Anteil an uns nehmen, ja häufig uns so viele Liebe zeigen.«

»Nun nun,« entgegnete die Mutter, »so ernst brauchst du darüber nicht zu denken. Ich mag es dir gerade nicht vorwerfen, dass du nicht so versessen auf Gesellschaften bist, und finde nur, du denkst zu ernst, du nimmst das Leben nicht leicht genug.«

Frau Weiland hatte recht. In Charlottens tief und fein angelegter Natur hatte der Gedanke stets tiefe und verschlungene Gänge gewählt. Es spielten bei ihr selten die leichten fröhlichen Kinder der Fantasie, Zerstreuungen und Torheiten, auf der Oberfläche der Erscheinung, sie war schon als Kind an überlegten Handlungen ihrem Alter stets um mehrere Jahre vorangewesen. Jetzt aber, in dieser letztverflossenen Zeit, hatten sich die ernsten Anschauungen noch mehr als sonst gezeigt. Daran waren die Ereignisse des vergangenen Herbstes schuld, welche immer von Neuem Betrachtungen, Selbstvorwürfe, Zweifel und Hoffnungen in ihrer Seele erweckten, in ihrem Herzen, welches liebte.

»Ich nehme das Leben nicht leicht genug?«, erwiderte sie auf die Äußerung ihrer Mutter; »wer darf, wer kann das Leben leicht nehmen?«

»Torheit!« entgegnete diese, »du bist ein junges Mädchen von noch nicht dreiundzwanzig Jahren, für solche trübe Betrachtungen viel zu jung. Aber ich weiß es wohl, wo dich der Schuh drückt.«

Charlotte beugte sich tiefer über ihre Arbeit. Es trat eine lange Pause ein.

»Von der armen Arabella hat man doch gar nichts wieder gehört, seit sie mit dem abscheulichen Menschen, dem Prinzen, davonlief und ihre Mutter allein ließ,« begann Frau Weiland dann wieder. »Ich muss sagen, mich dauert das Mädchen mehr, als ich sie verdammen kann. Wer weiß, was aus ihr geworden ist! Es ist diese Familie doch recht vom Unglück getroffen worden.«

»Die arme Arabella!«, sagte Charlotte mit tiefem Gefühl und drückte ihr Tuch an die Augen.

»Der Bankerott meines unglücklichen Vetters Höpfner besiegelte damals ihr Schicksal. An ihrer Mutter fand sie keinen Halt, und so war es dem Prinzen leicht, sie, die zärtlich für ihn fühlte, zu betrügen.«

»Wenn wir nur irgendetwas dazu tun könnten«, sagte Charlotte. »Es sind doch unsere Verwandten, und Arabella ist wohl ein schwaches Geschöpf, doch sie war immer guten Herzens. Aber ich wüsste nicht, wie man sich ihnen nur nähern könnte. Arabellas Mutter treibt sich mit dem Gelde, welches ihr nach der heimlichen Entfernung des Onkels verblieb, in den Bädern umher und frönt ihrer Spiellust, und von Arabella weiß man ja nichts.«

»Die Rätin Froschhammer versicherte, man habe den Prinzen noch vor drei Wochen in Paris gesehen. Sie hatte es von Herrn Schönfärber, dem Schnittwarenhändler, welcher dort war. Er reist ja jährlich mehrere Male hin und kennt Paris ganz genau. Er ist dem Prinzen auf einem Boulevard begegnet und hat ihn ganz in der Nähe gesehen.«

Charlotte erwiderte nichts, aber die Mutter bemerkte, dass sie nur mit Mühe ihre Tränen unterdrückte, und sie schwieg nun auch.

Das Verhängnis, welches vor zwei Jahren über die Familie ihrer Verwandten hereingebrochen war, hatte den tiefsten Eindruck auf Weilands gemacht, aber vor allem auf Charlotte. Sie war, nachdem es bekannt geworden, dass der Bankier verschwunden war, sogleich zu Arabella geeilt, um sie zu trösten und ihr ihre Hilfe anzubieten, – aber diese hatte in einem leidenschaftlich erregten Zustande keinen Zuspruch hören wollen. Es schien damals, als werde sie von einer Unruhe getrieben, deren Ursache sie nicht gestehen könne, und als sei die Flucht ihres Vaters nicht alles, was sie drückte. In ähnlicher Weise hatte Frau Höpfner jede Hilfe ihrer Verwandten abgelehnt. Ob sie um die Tat ihres Gatten gewusst hatte, ließ sich nicht ermitteln, jedenfalls war sie nicht ganz unvorbereitet auf ein derartiges Ereignis. Sie hatte eine Summe Geldes für sich angelegt, welche ihr erlaubte, sorgenfrei zu leben, wenn auch nicht mit dem Luxus, an welchen sie sich gewöhnt hatte. Sie zog kurze Zeit nach dem Verkauf des Hauses, welches gleich allem, was sich von Wert als Besitztum des Flüchtigen vorfand, zum Besten der zahlreichen, in ihrem Eigentum Geschädigten versteigert ward, davon, begleitet von ihrer Tochter.

Aber nicht lange blieben die beiden beieinander. Das Unglück, anstatt sie enger als bisher zu vereinen, trug nur dazu bei, die Entfremdung der Tochter zu vergrößern. Als schließlich das traurige, das Lebensglück der letzteren entscheidende Ereignis eintrat, als der Prinz Corren nach Lösung seines Dienstverhältnisses die beiden verlassenen Frauen aufsuchte und schon nach wenigen Tagen Arabella nach Italien entführte, bezeigte die Mutter nur geringe Betrübnis über den Verlust ihrer Tochter, noch weniger bemühte sie sich, dieselbe wieder zu sich zurückzuführen. Sie gab vielmehr ihren festen Wohnsitz ganz auf, verkaufte ihr letztes Mobiliar und lebte seitdem mit einer alten Bekanntschaft, der Familie eines ausgesungenen Opernsängers, abwechselnd in Wiesbaden oder Hamburg.

Ein Klopfen und ein bedächtiges Scharren vor der Tür entzog die Gedanken der beiden Frauen ihren beklagenswerten Verwandten – eine lange gekrümmte Gestalt mit langem, kaffeebraunem Rock und karierter, bis zum Hals zugeknöpfter Weste, in der Hand einen prachtvollen, wenn auch gerade nicht künstlerisch gebundenen Strauß der schönsten und der verschiedenfarbigsten Remontantrosen, trat ins Zimmer.

»Ach, Herr Tubbe«, sagte Frau Weiland, »das ist brav, dass Sie kommen, und schon wieder so ein prachtvolles Bukett; Sie sehen, Ihr letztes« – Charlotte hielt es sehr in Ehren und versorgte es täglich mit frischem Wasser – »prangt noch in unserem Fenster.«

»Eile mit Weile, Frau Weiland«, antwortete Tubbe. Sein Gesicht war noch faltiger und älter geworden, und er sprach noch langsamer wie ehedem. »Die schönen Rosen in unserem Garten, – es ist kein Mensch, der sie nur einmal zu sehen bekommt, – da erlaubt sich's der alte Tubbe – denn ich weiß es, Sie, Fräulein Charlotte, haben die Blumen gern – so erlaubt sich's denn der alte Tubbe, Ihnen die schönsten zu bringen. Es wäre doch ein Jammer!«

»Unsere selige Frau,« – fuhr Tubbe fort, während Charlotte mit Worten des Dankes den Strauß in Empfang nahm und in eine Vase neben das frühere, von ihrer Mutter erwähnte Geschenk des Alten stellte – »ließ vor jetzt zweiundzwanzig Jahren die hohen Rosenstöcke setzen – es war damals noch etwas Neues, und jede hatte ihr Blech mit dem besonderen Rosennamen darauf. Aber es ist alles vergänglich, Frau Weiland, und wenn ich sie nicht alle im Herbst niedergebogen und eingedeckt hätte – es ist alles vergänglich, alles!« und Tubbe wackelte zur Bekräftigung dieser Wahrheit mit dem Kopfe, scharrte dann mit dem Fuße und machte einen tiefen Bückling, denn Charlotte war mit dem Präsentierbrett vor ihn getreten und bot ihm eine Tasse Kaffee an.

»Ja, Sie sind ein trefflicher Wächter für das leere Haus, Herr Tubbe,« bekräftigte Frau Weiland.

Der Alte schmunzelte, stellte die Tasse auf den Tisch und rieb sich die Hände. »Und wie geht es denn Ihrem jungen Herrn, Herr Tubbe?«, fuhr Frau Weiland fort, »haben Sie neue und gute Nachrichten von Herrn Hasperg, wie?«

Der Alte nickte, und seine Augen glänzten. »Herrn Eduard, dem geht es sehr gut.«

»Er ist noch bei Herrn –?«

»Bei Paulmann & Co., seit vorigen Ostern ist er Teilhaber am Geschäft, aber, wie ich glaube, will er bald fort.« Tubbe sah dabei Charlotte mit einem sonderbaren Blick an. Diese hatte sich wieder zu ihrer Arbeit gesetzt, hörte aber über diese hinweg aufmerksam nach ihm hin.

»Fort?« wiederholte Frau Weiland.

»Nach Ägypten will er nicht mehr.« Tubbe lachte vergnügt und still in sich hinein, dann sah er verstohlen nach der Tür.

»Als ich vorigen Monat nach Hamburg reiste – Sie wissen – und das Kapital hinbrachte für das Grundstück vor dem Petritor, welches Herr Fichtler für seine Fabrik von uns gekauft hatte, schenkte Herr Paulmann mir ein Glas Wein ein und sagte: Tubbe! Tubbe sagte er, wir gehören ja beide zu dem Inventar – auf das Wohl von Eduard Hasperg Sohn! Und nun mit einem Wort, unser Herr Eduard« – Tubbe sah wieder nach Tür, »er ist so gut wie die rechte Hand von Herrn Paulmann, und ich sage nur – Eile mit Weile.« – Plötzlich erhob sich der Alte, sein Gesicht zog sich in noch mehr Runzeln, als es sonst aufweisen konnte, eine versteckte Lustigkeit zuckte darin hin und her – und nach der Tür blickend, welche sich jetzt öffnete, sagte er: »Da ist Herr Eduard selbst –«

»Eduard –« stieß Charlotte hervor – durch die Tür trat Eduard Hasperg. Er hatte sich wenig verändert, sein Aussehen war eher frischer, lebendiger, ja jugendlicher geworden, als es gewesen. Er näherte sich zuerst Frau Weiland, ergriff ihre Hand und küsste sie, dann wendete er sich zu Charlotte.

»Fräulein Weiland«, sagte er – und wenn er seinen Mund auch zu einem Lächeln zwang, hörte man die hohe Aufregung doch in dem Zittern seiner Stimme, »am heutigen Tage ist in das hiesige Handelsregister *sub No. 971* die Firma Eduard Hasperg Sohn eingetragen worden.«

»Eduard Hasperg Sohn,« wiederholte der Alte, und eine Träne glänzte zwischen seinen Wimpern.

Charlotte stand mit gesenkten Blicken da, sie war sehr blass, und ein leichtes Beben erschütterte ihr Gesicht.

»Herr Tubbe«, sagte Frau Weiland, indem sie auf die Tür zuging, »da Sie ein Blumenfreund sind, muss ich Ihnen doch einmal unseren großen Oleander zeigen. Er blüht jetzt gerade.« –

»Charlotte«, begann Eduard, als er sich nun mit dem jungen Mädchen allein sah, und er streckte mit bittendem Blicke seine Hand aus, in welche sie die Ihrige legte – »Ihnen danke ich ein neueres, besseres Leben. Sie sind's, die mich noch in zwölfter Stunde auf den richtigen Pfad gelenkt hat. Sie haben mich zum Mann, zu einem nützlichen Mitgliede der Gesellschaft gemacht, Ihr Bild war es, was mir in dieser meiner jüngsten Lehrzeit vorangeleuchtet, was mir die ungewohnte Arbeit süß, das Erfassen und Begreifen leicht gemacht hat. Dies neue Leben möchte ich mit Ihnen teilen, Ihnen möchte ich es weihen. Sie möchte ich glücklich machen, Charlotte. – Wollen Sie es wagen, diese Hand zur Führung durch das Leben anzunehmen?«

»Eduard«, erwiderte sie, stolz und froh, obgleich in Tränen zu ihm aufblickend, »mein kühnstes Hoffen erfüllt diese Stunde.«

Er zog sie sanft an sich und drückte einen Kuss auf ihre Lippen. –

Zwei Stunden später saß das glücklich vereinte Paar mit den Eltern der Braut und dem alten Tubbe um den Familientisch versammelt. Herr Weiland hatte sich's nicht nehmen lassen und dem frohen Tag zur Feier seinen besten 57er aus dem Keller geholt. Eduard musste von seiner Lehrzeit erzählen, wie er mit dem Lehrling des Geschäfts von vorne angefangen, wie er durch die treffliche Schule Paulmanns von Stufe zu Stufe gestiegen, sich dann mit an den Unternehmungen des Hauses beteiligt habe, wie ihn sein Chef für fähig und geschickt erklärt habe, selbstständig einem Geschäft vorzustehen und ihm den Kredit des Hauses Paulmann bis zu einer beträchtlichen Höhe zur Verfügung gestellt habe. Er teilte dann die Maßregeln mit, welche er zur Aufrichtung des alten Geschäfts getroffen habe, die Wiederanknüpfung der alten Verbindungen, das Engagement eines tüchtigen Personals, die gemachten Bestellungen und Annoncen.

»Und während ich in Hamburg arbeitete,« setzte er hinzu, indem er auf den alten Tubbe wies, welchem helle Freudentränen über die welken Backen rollten, »da hat dieser, mein treuer Freund, aus Liebe zu mir, noch auf seine alten Tage den Spion gemacht. Seine Mitteilungen über dich, geliebte Charlotte, spornten meinen Mut immer von Neuem an.« Zuletzt lenkte Eduard auf das ihm zum Geschäftsbetrieb disponible Kapital. »Ich wollte die frohen Stunden nicht sogleich mit einer traurigen Nachricht trüben«, sagte er, »denn ich weiß, Herr Höpfner war ihr Vetter, und seine Tochter Arabella einst Charlottens Freundin. Er hat mit dem bei seiner Flucht zusammengerafften Gelde versucht, in Baltimore unter falschem Namen ein Geschäft zu beginnen. Der Tod hat ihn hinweggerafft, noch ehe er imstande war, seine neuen Hoffnungen verwirklicht zu sehen. Seine Tochter, nachdem sie sich von ihrem Verführer getrennt, war zu ihm nach Amerika geeilt, sie hat ihrem Vater noch die Augen zugedrückt. Vor drei Wochen war es, als die bedauernswerte junge Dame in Paulmanns Comptoir kam, um mir den größten Teil des geraubten Geldes zurückzubringen. Ihre Erscheinung war sehr verändert, doch immer noch sehr schön. Sie lehnte es ab, sowohl zu ihrer Mutter, als auch in ihre Heimat zurückzukehren; wir haben ihr versprechen müssen, ihren Aufenthalt nicht zu verraten. Herr Paulmann hat ihr mit meiner Unterschrift ein ruhiges und stilles Asyl bei einer Pastorfamilie an der holsteinischen Ostseeküste verschafft; ihr letzter Brief war dankerfüllt und zufrieden. – Ich beklage ihr Los von ganzem Herzen.«

»Arme Arabella«, sagte Frau Weiland, und Charlotte drückte gerührt ihrem Verlobten die Hand. –

Die ernste Stimmung, welche diese Erzählung des Schicksals der verwandten Familie herbeigeführt, zu verscheuchen, erhob Herr Weiland sein Glas: »Der Stand, welcher die fernsten Länder verbindet, Gesittung und Wohlstand in alle Zonen unseres Erdballs trägt, der Kaufmannsstand lebe hoch!« Die Gläser klangen hell. »Er lebe«, antwortete Eduard, »wie ein jeder Stand, der seinen Mann ernährt. Es lebe die Arbeit, – deinen Vers, Tubbe, ich lasse ihn mit goldenen Buchstaben über die Tür des Comptoirs schreiben:

Arbeit macht das Leben süß,
Macht es nie zur Last,
Der nur hat Bekümmernis,
Der die Arbeit hasst!«

www.ingramcontent.com/pod-product-compliance
Lightning Source LLC
Chambersburg PA
CBHW020649250626
47154CB00008B/2876